edition exil

ich bin das festland
seher çakır
erzählungen

edition exil

seher çakır: ich bin das festland
erzählungen, edition exil, wien 2012
isbn: 978-3-901899-56-0

herausgeberin und lektorat: christa stippinger
layout und grafische gestaltung: mag.art. sebastian menschhorn
korrektorat: eva auterieth

ein projekt des vereins exil im amerlinghaus
in kooperation mit dem verein kulturzentrum spittelberg

gefördert von:

Inhalt

Aus Seldas Welt

Hatice 7

Die Plakate 13

Die Schatzkiste 17

Der Tipp des Arztes 23

Die Frau meines Vaters 33

Der Ruf des Muezzins 41

Ein anderer Tag 55

Mein Amerika 61

Zekiyes Ankunft 67

One-Night-Stand 77

Vertraut nie einer Frau 89

Halil und Rüya 99

Pferdeschwanzklinik 105

Frühstücksbuffet 109

Ich bin das Festland 121

Biografie 127

Hatice

„Ich war dreizehn Jahre alt, als ich mit einem roten Seidentuch bedeckt das Haus meines Vaters verließ, um Ömers Frau zu werden. Und ich hatte keine Ahnung, was passieren würde", sagte Hatice, ihre Großmutter. „Und jetzt schlaf endlich, Kind!"
Es war schon lang nach Mitternacht und Selda konnte trotz aller Gebete, die sie von ihrer Oma gelernt hatte, nicht einschlafen. Eines nach dem anderen hatte sie schon aufgesagt, einmal mit der Oma und einmal alleine, aber es half nicht, sie konnte nicht schlafen.
„Nana,...schläfst du schon?"
Alle Kinder im Dorf nannten ihre Oma Nana.
„Was ist denn schon wieder? Musst du noch mal?"
Selda konnte in der Nacht nicht alleine auf die Toilette gehen. Ihre Oma musste sie begleiten, vor dem Klo warten und mit ihr sprechen, während Selda sich erleichterte. Selda hatte Angst, dass aus dem Loch der Toilette Schlangen kommen und sie beißen könnten.
„Nein, Nana, ich muss nicht. Ich weiß, wie Mama Papa kennen gelernt hat, ich weiß, wie Onkel die Tante kennen gelernt hat, aber ich weiß nicht, wie du Opa kennen gelernt hast. Erzählst du es mir?"
„Kind, Kind, du bringst mich noch um den Verstand. Kennen gelernt. Woher hast du nur solche Ideen? Dieser blöde Kasten, in dem sich die kleinen Menschen verstecken, ich wette, von da hast du diese Idee."
„Das ist ein Televizyon, Nana, das ist kein Kasten. Das nennt man TELEVIZYON."
„Televaso oder Blumenvaso, was auch immer, es ist die Quelle deiner Hirngespinste! Was die da alles zeigen! Wo soll ich deinen Opa schon kennen gelernt haben?"
„Und hast du ihn geliebt? Den Opa?"
„Kind! Unterbrich mich nicht! Also wirklich... Kennen gelernt, lieben und was weiß ich...
Er war doch von unserem Dorf. Jeder kennt hier jeden. Sowas! Du willst wissen, wieso ich deinen Opa geheiratet habe, ha? Dann er-

zähle ich es dir. Hör aber gut zu. Ich erzähle es nicht zwei Mal! Und dann wird aber geschlafen. Versprichst du es mir?"

„Ich verspreche es!"

„Also, dein Opa, der hat mich haben wollen. Deine Nana… jaja. Achhh, meine Jugend, wo ist sie nur geblieben. Nun ja, deine Nana hat nicht immer so viele Runzeln und Furchen im Gesicht gehabt, mein Kind. Man sagt, ich war ein hübsches Ding. Naja, irgendwann, nachdem er bei meinem Vater angefragt hatte – wie du weißt, war meine Mutter ja gestorben, als ich fünf Jahre alt war – wurde beschlossen, dass ich seine Frau werden sollte.

So war das damals. Und du fragst mich, wo ich deinen Opa kennen gelernt habe. Das ist lustig. Du bist mir eine…"

„Und waren viele Leute auf deiner Hochzeit?" Diese Frage amüsierte Nana so sehr, dass ihr Lachen die kleine Schwester weckte. Sie setzte sich im Bett auf, sagte „Wasser!" und legte sich wieder hin, um gleich darauf weiterzuschlafen.

„Nana", flüsterte Selda, „schläft sie?"

„Ja! Siehst du jetzt, was du mit deinen Fragen anrichtest? Also, bring mich nicht so zum Lachen! Hochzeit! Töbe, töbe[1]! Also, es gab keine Hochzeit! Die zweite Frau meines Vaters, auch sie soll in Frieden ruhen, war eine liebe Frau. Am Tag meiner Hochzeit habe ich erfahren, dass ich heirate! Sie hat mich zur Seite genommen und mir gesagt, was zu tun ist. Damals gab es keinen Kasten, in dem kleine Menschen waren. Wie heißt er noch? Televaso, Flugvaso und was noch alles! Und ich dachte immer, eine Vaso[2] ist das, wo man Zierblumen einpflanzt… Naja, so einen Televaso hatten wir nicht. Nicht einmal Strom hatten wir. Jetzt drückst du auf den Knopf und es wird hell. Wir haben noch im Schein von Petroleumlampen unsere Stickereien gemacht… Naja… Also, deine Urstiefoma hat mir erklärt, wie das ist, wenn man heiratet… Ja, so habe ich dann erfahren, dass ich heirate… Eine Hochzeit, wie sie heute üblich ist, gab es für mich nicht. Das ist eine moderne Sache. Große Feiern hatten nur die Agas[3] und ihre Kinder! So, und bist du jetzt zufrieden?"

„Und morgen erzählst du mir dann, wie mein Papa auf die Welt gekommen ist, ja?"

---

[1] etwas abschwören; hier: Na, na!
[2] Blumentopf
[3] Großgrundbesitzer

„Jetzt mach die Augen zu und schlaf! Oder willst du noch einmal das Gebet aufsagen?"
„Nein, ich schlafe schon", antwortete Selda.
Und so hatte Hatice ihre Vermählung erzählt. Sie wurde auf ein Pferd gesetzt, das ihr Bruder zum etwa zweihundert Meter entfernten Haus von Ömer brachte. Sie wurde seine Frau und gebar ihm drei Kinder. Osman, Seldas Vater, Tarik, Seldas Onkel und Hamide, das jüngste Kind und Seldas Tante.
„Nanaaa, ich kann nicht schlafen. Darf ich dich noch etwas fragen?"
„Offf! Kind! Aber das ist die letzte Frage!"
„Ja! Ich verspreche es!"
„Warum ist der Opa so früh gestorben und du nicht?"
„Du bist mir vielleicht eine! Wer sollte dir all die Geschichten erzählen? Ich bin nicht gestorben, damit ich dir das alles erzählen kann!"
„Aber da war ich ja noch gar nicht da!"
„Kind, Kind! Ach, was hab ich nicht alles gesehen in dieser Welt. Ich wurde als Kind zur Frau gemacht, als junge Frau mit drei Kindern Witwe, und bevor ich verstanden habe, was eine Ehe ist, war sie schon zu Ende. Dann bin ich wie ein Mann herumgelaufen, damit ich meine Ruhe habe. Deine Oma hat nicht immer so ausgeschaut mein Kind, das kann ich dir sagen. Ich war ein schönes Mädchen, so sagten die Leute. Aber was nützt Schönheit schon? Schönheit bringt dir die Ernte nicht ins Haus, Schönheit putzt und kocht nicht für dich, Schönheit kann man nicht essen. Aber Schönheit macht dir Probleme. Viele Männer haben sich mir in den Weg gestellt, nachdem dein Großvater gestorben war. Sie wollten mich zu ihrer Zweit- oder Drittfrau machen. Für manchen wäre ich sogar die erste Frau geworden. Mitsamt meinen drei Kindern wollten sie mich heiraten. Aber ich wollte nicht mehr. Ich war genau zehn Jahre verheiratet. Zehn ganze Jahre. Das hat mir gereicht. Drei Kinder habe ich geboren, vier habe ich nicht in die Welt gesetzt. Aber das erzähle ich dir, wenn du noch ein bisschen älter bist."
Und Selda war schon eingeschlafen. So hatte sie sich viele Geschichten von ihrer Oma erzählen lassen.
Als sie älter war, hatte sie sich gewünscht, ihre Oma nach Wien zu

holen, um ihr die Stadt zeigen zu können, in der ihre Eltern „ihre Zelte aufgeschlagen" hatten, wie diese immer sagten. Das war vor zehn Jahren. Das würde jetzt für immer ein Wunsch bleiben, denn die Oma hatte sich für die letzte Reise entschieden, von der man nicht mehr zurückkehrt. So wie Emine! Sie war auch nie wieder zurückgekommen. Ihre Freundin Emine, die der Unwissenheit zum Opfer gefallen war.

Tagelang hatte sie nichts essen können und war schon ganz kraftlos geworden. Jeder Bissen, den sie machte, kam doppelt wieder aus ihr heraus. Sie hatte furchtbare Kopfschmerzen und die alten Frauen, die um sie herum standen und ihr die Stirn mit kühlen Lappen abtupften, sagten, das seien die bösen Geister, die Dschinns, die von ihr Besitz genommen hätten. Tagelang lag sie im Bett und konnte weder trinken noch essen. Niemand wusste zu sagen, wann und warum es angefangen hatte. Alle sprachen von den Dschinns, die gekommen waren, um sie mitzunehmen.

Am vierten Tag sagte eine der Frauen, dass Emine ins Meer geworfen werden müsse. Dann würden die Dschinns sie wieder verlassen, denn sie scheuen das Wasser. Auch Selda war bei den „Krankenpflegern". Sie wollte nach ihrer Freundin sehen und hatte die Hoffnung, dass es ihr besser gehen würde, wenn sie bei ihr wäre. Sie wollte ihr von der Schule erzählen. Ihr sagen, welche Hausaufgaben sie hatten. Die Grüße vom Lehrer ausrichten, denn er hatte ihr wirklich seine Grüße und Genesungswünsche aufgetragen. Jetzt musste sie mit ansehen, dass es ihr nicht nur nicht besser ging, sondern auch mit anhören, was man mit ihrer Freundin vorhatte.

Im Nachbardorf hätte es so einen Fall gegeben, sagten die Frauen, sie hätten schon viel früher darauf kommen sollen, aber es sei ja nie zu spät. Ja, ja, sagten die Stimmen, dort war es die Tochter vom Bürgermeister! Man müsse Emine sofort anziehen, Wagen sollten gerufen werden, und diese Kinder sollten den Raum verlassen. Selda wollte den Raum nicht verlassen, sie versteckte sich hinter dem Sofa und beobachtete alles. Plötzlich erinnerten sich alle ganz genau an die Sache mit der Tochter vom Bürgermeister. Das hatten doch alle mitbekommen, die war auch von bösen Dschinns befallen und nichts hätte geholfen. Weder das gegossene Blei noch das Amulett des berühmtesten Hodjas[4], noch die ganzen heiligen Wässerchen, die sie hatte trinken müssen. Aber als sie ins Meer geworfen wurde und eine große Muschel aus den Tiefen des Wassers hervorgeholt hatte, war sie wie ausgewechselt. Es hatte schon einige Male gebraucht, bis das arme Ding die Muschel fand, aber sie hatte es geschafft. Beim fünften Mal hatte sie die Muschel, die sie heilte, gefunden. Und so würden sie es auch mit Emine machen.

Wie soll das funktionieren, wollte Emines Mutter wissen, meine Tochter kann nicht schwimmen? Sie solle sich keine Sorgen machen, beruhigte sie die Frau, die mit der Idee alle in Aufruhr versetzt hatte. Das Kind müsse nicht schwimmen können, man würde dem kranken Kind einen Strick um die Taille binden, und zwar so fest, dass das Kind ihn unter Wasser nicht öffnen könne, denn sie hätte schon von Kindern gehört, die es da unten viel besser fanden als oben und die versucht hätten, unter Wasser zu bleiben. Mittlerweile würde manchmal auch ein Gesunder mittauchen, um alles unter Kontrolle zu haben. Das kranke Kind würde von einem etwa ein Meter hohen Fels ins Wasser geworfen und müsse unter Wasser bleiben. Wie lange müsse das arme Kind denn unter Wasser bleiben, wollte eine der Frauen wissen. Die Vorstellung mache ihr Gänsehaut, sagte sie. Ich hoffe, es ertrinkt wirklich nicht. Solange, wie gesagt, bis sie die Muschel gefunden hat, antwortete die andere. Die Tochter vom Bürgermeister ist ja auch nicht ertrunken, oder? Langsam wurde die Frau, die die Idee hatte, böse. Jetzt waren doch nicht alle überzeugt, richtig zu handeln. Vor allem Emines Mutter schien sehr besorgt. Sie weinte nur noch und wischte sich die Tränen mit dem Ende ihres Kopftuches aus dem Gesicht. „Mein armes Kind, mein armes, krankes Kind! Was ist nur mit dir? Warum isst du nichts?", murmelte sie vor sich hin. „Sei mir nicht böse, aber ich weiß nicht mehr, was ich mit dir tun soll!" Emine, halb bewusstlos, sah ihre Mutter mit leeren, müden Augen an, öffnete den Mund, als ob sie noch etwas sagen wollte, aber sie hatte keine Kraft. Also versank sie wieder in ihren unruhigen Schlaf.

[4] Gelehrter, Vorbeter

Das Band, das man Emine umgebunden hatte, hatte sie aufgemacht. Es hatte nicht geholfen, dass ein Schwimmer mitgetaucht war. Er hatte sie nicht retten können. Sie hatte es besser gefunden da unten. Wie die eine Frau gesagt hatte.

Am nächsten Tag wurde Emine als Neunjährige, unschuldig wie sie die Welt betreten hatte, begraben. Zwei Monate später hatte sich ihre Mutter von dieser Welt verabschiedet. Ihr Herz ertrug es nicht, dass sie erlaubt hatte, ihr Kind ins Meer zu werfen, sagten die Leute.

Seldas Nana wurde nicht ins Meer geworfen. Ihre Zeit war einfach um. Sie hatte sich von dieser Welt auf natürlichem Weg verabschiedet, und Selda hatte es weder geschafft, ihre Oma nach Wien zu holen, noch sie auf dem Sterbebett zu besuchen.

Die Plakate

Noch nie hatte Selda so viele Plakate nebeneinander aufgeklebt gesehen. Beim Anblick der halbnackten Frauen errötete sie vor Scham, aber da es schon dunkel war, sah das keiner, worüber sie froh war. Eines der Plakate hatte es ihr besonders angetan: das vom Zirkus Roncalli. Da war auch eine fast nackte Frau zu sehen, aber ihre Darstellung störte sie nicht. Die Frau trug einen Badeanzug mit Rüschen und balancierte auf einem Seil. Selda träumte davon, der Frau zuzusehen, mit ihren Eltern, ihrer Schwester dahin zu gehen, wo sie auf dem Seil zu bewundern wäre. Sie war stolz, gleich verstanden zu haben, was das Plakat darstellte. Das Wort, das ihr in bunten Buchstaben begegnete, musste das gleiche bedeuten wie das türkische Wort Sirk. Wenn alle Wörter sich so ähnlich waren, würde es ein Leichtes sein, die Sprache ihrer neuen Heimat zu lernen. Sie murmelte ihr neues Wort vor sich hin. „Zirkus, Zirkus." Bestimmt würden ihre Eltern mit ihr und ihrer Schwester in den Zirkus gehen. Hatten sie nicht gesagt, dass das Leben in Wien aufregender werden würde als das im Dorf und dass es hier Sachen gab, die es im Dorf nicht gab? Das hatte der Vater ihnen versprochen. Das Leben in Wien bot so viel. „Da gibt es einen Zug, der fährt unter der Erde und heißt auch so. Unter der Erdezug heißt es", hatte der Vater gesagt. „Und ihr werdet studieren können. Wir werden keine Geldprobleme haben und ich werde euch so viele Spielsachen kaufen, dass ihr nicht wisst, womit ihr zuerst spielen sollt." Das waren seine Versprechungen gewesen, als die Kinder sagten, dass sie nicht weggehen wollten von ihren Freunden, ihrer Schule und von der Großmutter. „Werden wir einen Garten haben, wie hier, wo ich auf Bäume klettern kann?", hatte Selda gefragt. „Kind, du fragst so viel", hatte der Vater gesagt. „In einer Stadt gibt es keine Gärten. Wir werden also keinen Garten haben, aber es gibt viele andere Sachen, die wir hier nicht haben. Wie die Züge eben, die unter der Erde fahren." Selda hatte noch nie echte Züge gesehen, geschweige denn welche, die unter der Erde fahren.

Als sie am 13. Mai 1983 bei Anbruch der Dunkelheit in Wien ankamen, regnete es in Strömen. Nach drei Tagen und drei Nächten, mit Unterbrechungen nur zum Essen oder den berühmten „Pinkelpausen", wie der Fahrer sie ankündigte, hatte der Bus am frühen Abend den Südbahnhof erreicht.

Die Reiseteilnehmer, die sich ab Istanbul den Bus geteilt hatten, waren erleichtert, endlich die Stadt, in der sie seit Jahren lebten oder in Zukunft leben wollten, erreicht zu haben. Es war kalt und regnerisch in Wien. Im Dorf hatte der Frühling schon Einzug gehalten und die Bäume trugen bereits die ersten Blüten. Hier sah Selda keine Spur vom Frühling. Sie fror. Die Mutter hielt die kleine Schwester Derya an der Hand und folgte ihrem Mann, der die Koffer aus dem Gepäckraum holen wollte. Selda ging der kleinen Gruppe nach. Das was sie sah, erfreute sie nicht. Sie hatte sich Wien anders vorgestellt. Nicht so kalt. Nicht so nass. Und nicht so grau.

„Wo ist denn dein Freund, der uns abholen sollte", fragte Zeynep reisemüde ihren Mann. „Wird schon kommen", antwortete er knapp. Selda stand neben ihnen und zitterte. Niemand hatte sie darauf aufmerksam gemacht, wie kalt es sein würde. Auch die anderen waren nicht Wien-tauglich gekleidet, aber sie hatte das Gefühl, dass sie als Einzige fror. Sie hatte einen Rock und ein T-Shirt an und hoffte, dass der Freund des Vaters wirklich bald kommen würde.

Ein Mann, im gleichen Alter wie ihr Vater, kam nun lächelnd auf die Familie zu und grüßte den Vater mit „Hey, Alter, da seid ihr ja endlich. Wie war die Reise?"

„Wie soll sie gewesen sein? Anstrengend war´s. Drei Tage sind wir schon unterwegs. Mir tun alle Knochen weh."

„Das ist sie also, deine Familie? Die Kleinen sind ja erfroren, Alter, warum hast du ihnen nicht gesagt, wie kalt es sein wird?"

Der Freund des Vaters nahm dem Vater die Koffer ab und sie folgten ihm zum Parkplatz.

Der Mann, der Seldas Vater mit „Alter" ansprach, wechselte immer wieder zwischen den Sprachen und streute das Wort „Alter" auch immer wieder in türkischer Sprache in seine Sätze ein. Selda versuchte zu verstehen, was die beiden redeten. Der Mann ärgerte sie, er sah doch wirklich nicht viel jünger aus als ihr Vater. Was sie verwunderte war allerdings, warum ihr Vater nichts dagegen sagte. Als sie losfuhren, sagte Osman: „Zuerst bringen wir die Sachen in die Wohnung und dann fahren wir zu meiner Tante. Die hat bestimmt aufgekocht."

Danach kehrte für die nächsten zehn Minuten Stille im Auto ein, bis sie die Wohnung, die der Vater gemietet hatte, erreichten. Selda beobachtete aufmerksam die Straßen, durch die sie fuhren, und bewunderte die Plakate und die Schilder der Geschäfte, während ihre Schwester auf dem Schoß der Mutter eingeschlafen war. Neben dem Plakat, das es ihr angetan hatte, wunderte sie sich auch über eine andere Beschriftung, die sie alle paar Minuten ausmachte. In einem roten Kreis, in dem eine Zigarette steckte, stand groß „Tabak Trafik". Sie las Tabak und dachte an einen Teller. Sie las Trafik und dachte an den Verkehr und konnte keinen Sinn darin finden. In Istanbul war der Verkehr furchtbar, ja sogar lebensgefährlich, das sagte der Vater immer. Aber was hatte ein Teller mit dem Straßenverkehr zu tun? Und warum war da eine Zigarette in dem roten Teller?

Als sie an fast jeder Ecke das Schild mit dem Teller sah, musste sie einfach den Vater fragen. „Baba, was ist mit dem Tabak und dem Trafik und den Zigaretten?" Der Vater lachte schallend und sagte: „Frag nicht so viel, du wirst es später verstehen."

Die Wohnung in der Berggasse befand sich in der zweiten Stiege im Haus gegenüber dem Sigmund-Freud-Haus. Wer Sigmund Freud war, sollte Selda Jahre später in der Schule erfahren. Sie gingen durch ein grünes Tor und durchquerten das Gebäude. Ein betonierter Hof trennte das erste Haus vom zweiten, das für die nächsten Jahre ihr neues Zuhause sein sollte.

Das Haus hatte einen langen, breiten Gang, der links in einen engeren führte, in dem sich drei Wohnungen befanden. „Und alle drei Nachbarn sind aus der Türkei und haben Kinder in eurem Alter. Ihr werdet gute Freunde werden", hatte der Vater Selda im Bus erzählt. Zu sehen waren allerdings fünf Türen. Obwohl Osman gesagt hatte, dass sie nicht so viele Fragen stellen sollte, konnte Selda nicht widerstehen. „Baba, wer wohnt da?", wollte sie wissen und zeigte

auf die erste Tür, die sie rechts neben den Stufen sah.
„Das ist die Toilette. Die teilen wir uns mit den Nachbarn."
„Haben wir denn keine Toilette in der Wohnung?"
„Wenn wir in der Wohnung eine Toilette hätten, würde ich dir nicht sagen, dass wir diese benützen werden. Also! Nerv mich nicht ständig mit deinen Fragen!", befahl er und sperrte eine der Türen auf. Der Vater, der die schönen Versprechungen gemacht hatte, war wie ausgewechselt. „So. Da sind wir. Das ist unser neues Zuhause", sagte Osman und lud alle mit offenen Armen ein, einzutreten.

Die Schatzkiste

Sie hatten ihre schönsten Kleider angezogen. Heute war der große Tag. Heute sollten Derya und Selda in der Schule angemeldet werden. Eine Woche waren sie nun in Wien, hatten die hier lebenden Verwandten besucht, sie bei sich empfangen und ihre „Sehnsucht gemildert", wie die Mutter zu sagen pflegte. Um die Kinder in der Schule anzumelden, war noch keine Zeit gewesen. Heute nun war es endlich so weit. Derya und Selda würden von diesem Tag an wieder zu Schulkindern werden. Darauf hatte sich Selda gefreut, seit sie das Dorf verlassen hatten. Sie wusste von ihrem Cousin, der schon ein Jahr lang in Wien lebte, dass man hier keine Uniformen trug, und freute sich darauf, ihre schöne Kleidung nicht nur am Wochenende zu tragen, wie in der Türkei, sondern täglich. So hatte sie sich heute für den schönen roten Pullover und die neue Jeanshose entschieden. Deryas Kleidung suchte die Mutter aus. Sie fand das blaue Kleid mit der Masche am Rücken passend. „Darin", sagte sie, „siehst du richtig schick aus, und deine Lehrerin wird dich lieben." Sogar ihr Vater hatte sich fein gemacht. So machten sie sich auf den Weg. Zwei fein herausgeputzte Kinder und Osman in seinem Anzug.

Osman hielt den ganzen Weg zur Schule Deryas Hand. Selda ging mal vor, mal hinter ihnen. Bei einem Bäcker kaufte er den beiden Mädchen je ein Gebäck, das wie der türkische Halbmond aussah und mit grobem Zucker bestreut war. „Das haben die Türken da gelassen. Es heißt Briochekipferl", sagte er. „Ist der Bäcker Türke?", wollte Selda wissen. „Nein, nicht der Bäcker, die Türken, die vor fast fünfhundert Jahren Wien belagert haben."

Die Idee, ein Gebäck zu essen, das fast fünfhundert Jahre alt war, fand Selda sehr komisch. Es schmeckte auch gar nicht so alt. Es war weich und süßlich. Aber nicht so süß wie Baklava. Statt nach der Geschichte des Kipferls zu fragen, wollte sie von ihrem Vater wissen, ob sie jetzt jeden Tag auf dem Schulweg ein Briochekipferl haben könne.

„Wenn du gute Noten schreibst, warum nicht", sagte er.
Der Weg zur Schule dauerte etwa zehn Minuten. Osman hatte den beiden Mädchen jeweils zwei Schillinge und die Telefonnummer seiner Arbeit in die Hand gedrückt und ihnen erklärt, wie sie das Telefon zu bedienen hatten, wo sie das Geld hineinwerfen, wie sie wählen und wann sie sprechen sollten. Selda versuchte es sich zu merken. „Aber Baba, was machen wir, wenn es dort keine Telefonzelle gibt, wo wir uns verlaufen haben?", wollte sie wissen. „Es gibt überall Telefonzellen", sagte Osman, „an fast jeder Ecke." Kurz danach waren sie auch schon bei der Schule, in die die jüngere Schwester gehen sollte.

Im ersten Stock standen sie vor einer Tür. Osman erklärte Derya, dass dahinter die Direktorin war. Diese rief etwas, als der Vater an die Tür klopfte, er öffnete sie und zog Derya hinter sich her. Selda folgte ihnen. Eine blonde Frau um die Fünfzig mit großen Brüsten, die sie scheinbar hinter ihrem Jackett verstecken wollte, empfing sie mit einem Händedruck und wies sie an, Platz zu nehmen.

Die Frau mit den großen Brüsten stellte dem Vater Fragen über Fragen, lächelte die beiden Mädchen an und begann, sich Notizen zu machen. Gerade als sie Derya ein Blatt Papier in die Hand drückte, läutete das Telefon. Bevor sie abhob, sagte die Dame noch etwas zum Vater, worauf er Derya aufforderte, ihren Namen auf das Blatt Papier zu schreiben.

Die Direktorin hatte allem Anschein nach vollkommen vergessen, dass sie zwei Kinder und einen Mann vor sich sitzen hatte und telefonierte. Nachdem sie ein paar Sätze in den Hörer gesprochen hatte, die Selda und Derya nicht verstanden, begann sie zu nicken und jedes Mal wenn sie nickte, sagte sie: „Gell[5]". Fast jeden Satz beendete sie mit dem Wort „Gell"! Selda war bald überzeugt von der Einfachheit der deutschen Sprache, denn auch im Türkischen gibt es das Wort gell und es bedeutet „Komm". Selda fragte sich, wer da kommen sollte und warum die Direktorin so sehr wollte, dass diese Person zu ihr kam. Scheinbar wollte ihr Gesprächspartner also nicht kommen. Selda war nun sicher, dass der Anrufer am anderen Ende der Leitung der Ehemann der Direktorin war. Bestimmt hatte er einen

[5] österreichisch: nicht wahr...

dicken Schnauzer und eine Glatze, einen bösen Blick und alle hatten Angst vor ihm. Mit Recht, denn er war böse. Deswegen musste die Direktorin ihn wohl immer wieder auffordern zu kommen, obwohl er gar nicht wollte. Aber sie ließ sich davon nicht beeindrucken. Immer wieder sagte sie „Gell", und bevor sie den Hörer auflegte, sagte sie auch noch „Baba"[6]. Sie hatte also mit ihrem Vater telefoniert, also doch nicht mit ihrem Ehemann, und der hatte den Hörer aufgelegt, ohne dass sie zu Ende sprechen konnte. Auch ein böser Mann. Was musste das für ein Vater sein, der seiner Tochter nicht zuhören wollte und nicht zu ihr kommen wollte, obwohl sie ihn doch so lieb einlud. Die Männer in diesem Land mussten alle böse sein. Hoffentlich würde sie nicht einen Lehrer haben. Ihr Vater war nicht böse. Er würde immer zu ihr kommen, wenn sie mal erwachsen wäre und eine eigene Wohnung hätte. Nach dem Telefonat widmete sich die Direktorin wieder ihnen, so als ob nichts gewesen wäre. Sie war nicht einmal traurig, dass ihr Vater nicht kommen würde.

Wieder auf der Straße, fragte Selda ihren Vater, warum denn der Vater der Frau aus dem Büro, nicht kommen wollte. Aber er gab ihr keine Antwort, er lachte nur laut los, so als wollte er nie wieder aufhören zu lachen. Vielleicht würde er ja doch nicht zu ihr kommen, wenn sie erwachsen wäre, dachte sie erschrocken. Konnte es sein, dass diese Stadt ihn böse machte? Und alle Menschen hier böse waren? Denn seit sie ihr Dorf verlassen hatten, ließ er sie immer öfter alleine mit ihren Fragen. Früher hatte er das nicht getan. Er hatte ihr auf alle Fragen geantwortet. Immer hatte er eine Antwort parat gehabt, und hatte er einmal keine Antwort, dann erklärte er ihr, dass er es nicht wisse. So hatte er im Bus auf Seldas Frage, wie viele Sprachen es in der Welt denn gab, gesagt, dass er es nicht wüsste. Trotzdem hatte Selda ihren Vater sehr lieb. Immerhin hatte er bei ihrer Abreise versprochen, ihnen so viele Spielsachen zu kaufen, dass sie nicht wüssten, womit sie zuerst spielen sollten.

Zehn Minuten später erreichten sie ein anderes Schulgebäude, die Schule, die Selda die nächsten vier Jahre besuchen sollte. Wieder gingen sie zuerst in ein Büro, wo sie diesmal ein Mann empfing und sich eine Menge Notizen machte. Hoffentlich bekomme ich keinen

[6] türkisch: Vater;
wienerisch: Auf Wiedersehen

Lehrer, betete Selda unhörbar, als der Direktor ihr die Hand reichte und sie mit „Hallo Selda" begrüßte. Dann streichelte er Derya über den Kopf, reichte Osman die Hand und bat sie alle Platz zu nehmen. Wie im Büro der Schule der Schwester stellte auch dieser Direktor viele Fragen an den Vater und schrieb auf viele Blätter Dinge, die Selda weder lesen noch verstehen konnte. Sein Telefon allerdings läutete nicht. Nach den Formalitäten begleitete er Selda, Derya und ihren Vater in den vierten Stock, klopfte an eine Tür und übergab Selda der Klassenlehrerin, einer jungen Frau mit langen roten Haaren, die sie offen trug. Selda hatte eine Lehrerin! Sie atmete tief ein und aus. Die Lehrerin, die Selda mit einem Händedruck begrüßte – Inge war ihr Name – fragte sie, wo sie sich hinsetzen wollte. Selda hatte sie nicht verstanden und sah fragend ihren Vater an. Als er den Übersetzer spielen wollte, unterbrach ihn die Lehrerin, worauf der Vater nichts sagte. Er lächelte nur wissend. Inge nahm Selda an der Hand, zeigte ihr die noch freien Plätze und fragte sie noch einmal. Selda hatte begriffen, niemand musste für sie übersetzen. Sie durfte sich den Platz selbst aussuchen, auf dem sie sitzen wollte, und damit gewann Inge Seldas Herz. Denn in der Türkei entschied immer der Lehrer, wo jemand saß.

Es war die letzte Maiwoche, die Ferien nahten. Seit Tagen hatte es nicht geregnet und die Sonne hatte auch den Weg in die Straßen Wiens gefunden und heizte der Stadt ordentlich ein. Schülerinnen und Lehrende trugen jeden Tag ein Kleidungsstück weniger. Zuerst wurden die Mäntel und Jacken weggelassen, dann die dicken Pullover durch leichte ersetzt, um in einigen Tagen ihren Platz T-Shirts und Blusen zu überlassen. Schließlich trugen viele ärmellose Kleidung. Auch Seldas Klassenlehrerin, die, die sie zu ihrer Lieblingslehrerin erkoren hatte, weil sie nicht nur freundlich war und rote, lange Haare hatte, sie hatte auch noch eine sehr schöne Stimme und sprach sehr klar. Bei manchen Lehrenden hatte Selda Schwierigkeiten zu verstehen, was sie sagten, aber bei Inge hatte sie das Gefühl, dass sie alles verstand. Schon am ersten Tag hatte Selda sie ins Herz geschlossen. Inge unterrichtete neben Mathematik und Physik auch

Musik und lobte Selda jedes Mal, wenn sie versuchte, mitzusingen. Bis zu diesem merkwürdigen Tag nun war die „Frau Lehrerin", wie sie von allen Kindern genannt wurde, in Seldas Augen auch eine fehlerfreie, unfehlbare Person. Daher hatte auch sie den Entschluss gefasst, Lehrerin zu werden, wenn sie „groß" wäre.

An jenem Tag, Selda fand es gar nicht so heiß, wie alle sagten, erlebte Selda einen großen Schock. An diesem Tag, den sie nie wieder aus ihrem Gedächtnis löschen konnte, sah Selda zum ersten Mal Haare unter den Armen eines Menschen. Wie der Bart ihres Vaters wuchsen Inge Haare in der Farbe ihrer Kopfhaare unter den Armen. Sie wusste, dass auch sie eines Tages Achselhaare bekommen würde, ihre Oma hatte ihr davon erzählt, wenn sie ihr beim Baden half, aber die musste man wegmachen. Unbedingt. Das wusste ja sogar ihre jüngere Schwester. Ihre Oma hatte auch erzählt, was passiert, wenn frau diese Haare nicht wegmacht. „Es war am Hochzeitstag von Fadime. Man rief mich, weil sie noch nie ihre Haare weggemacht hatte. Nicht nur unter den Armen, auch bei ihrer Schatzkiste hatte sie noch alle Haare, die ihr Gott geschenkt hat. Sie sah ekelhaft aus. Und gestunken hat sie! Diese Haare stinken nämlich! Am Kopf, die musst du lassen, das sind die guten Haare! Aber da unten, dort wo dein Wattefeld ist, die musst du wegmachen! Wenn du groß bist, bekommst du auch Haare dort, mein Kind. Die mache ich dir dann weg. Denn der liebe Gott sagt, dass du mit den Haaren schmutzig bist." Neugierig wie sie war, hatte Selda die Oma unterbrochen und gefragt, warum denn der liebe Gott überhaupt die Haare dort gemacht hatte, wenn man sie erst wegmachen musste, um ihm zu gefallen. Wenn er keine Haare da und dort wollte, warum hat er sie den Menschen dann geschenkt? Das verstand Selda nicht. Aber ihre Oma hatte eine Erklärung dafür. „Das ist so, mein Kind! Stell nicht solche Fragen, sonst kommen Schlangen aus deinem Mund! Deine Schatzkiste musst du immer sauber halten. Und jedes Mal nach der Toilette musst du dich waschen, tust du das auch? Sonst stinkt deine Schatzkiste, und das willst du ja nicht! Und kein Mann wird dich heiraten wollen. Also, die Fadime, an ihrem Hochzeitstag! Ihre Mutter lässt mich rufen, weil sie aussieht wie der Wald am Ende des Dorfes. Ich bin ausgerückt mit einem Kilo Zucker und mehreren Zitronen, um Ağda[7] zu machen. Dann habe ich sie auf den Boden gelegt und von oben bis unten, unter und auf den Armen, auf den Beinen und natürlich ihre Wattekiste ratzeputz gesäubert. Weil, wenn die so geheiratet hätte, ihr Mann hätte sie gleich nach Hause geschickt. So musst du das machen. Hier, deine Watte, muss immer so aussehen, wie sie jetzt aussieht. Sauber und weich. Hast du das verstanden, mein Kind?" So hatte es ihr die Oma erklärt. Und Selda wusste noch immer nicht, warum Gott da und dort Haare gemacht hatte, aber sie wusste, dass jede Frau sie wegmachen musste, wenn sie nicht stinken wollte. Wenn sie, wie ihre Eltern versprochen hatten, im Sommer zu ihrer Oma fahren würden, würde sie der Oma ihre Watte zeigen, und den Flaum, der sich langsam zu bilden begann, wegmachen lassen. Denn sie wollte keine schmutzige Frau sein. Am liebsten würde sie auch ihre Lieblingslehrerin mit ins Dorf nehmen. Sie wäre eine Kandidatin für die Haarentfernungssitzungen ihrer Oma. Wenn ich wieder im Dorf bin, werde ich meiner Oma von meiner Lehrerin erzählen, dachte sie, während ihre Lehrerin mathematische Formeln an die Tafel schrieb und Selda sich nicht auf diese konzentrieren konnte. Jetzt hatte ihre Liebe zu ihrer Lehrerin einen großen Knacks bekommen. Sie war hübsch, nett, hatte eine schöne Stimme und war wirklich klug, aber sie war schmutzig. Während „Frau Lehrerin" ihre Formeln schrieb und sie der Klasse erklärte, fragte sich Selda, ob die „Frau Lehrerin" deswegen Haare unter den Achseln hatte, weil sie Lehrerin war oder weil sie in der Stadt lebte. Jahre später sollte sie erfahren, dass es weder mit dem einen noch mit dem anderen zusammenhing. Es war schlicht und einfach ein Ausdruck der Freiheit, erklärten ihr ihre Freundinnen, die Jahre später auch dieser Freiheit frönten.

[7] Warmwachs

Der Tipp des Arztes

Am 8. November 1986 um etwa 21:00 Uhr sitzt Selda Mutlu vor ihrem Kleiderschrank, der sich im Wohnzimmer befindet, besieht sich selbst in dem Handspiegel, der in der Innentür des Kastens angebracht ist, und versucht festzustellen, ob sich eine Veränderung an ihr bemerkbar macht. Was für eine Fehlbenennung, denkt Selda Mutlu. Namen haben immer eine Bedeutung, hat mein Vater gesagt, und die Menschen, die sie tragen, passen zu ihren Namen. Aber mein Name passt nicht zu mir.
Ihren Vornamen hatte ihre Mutter ausgesucht. Der Familienname war die Idee des Großvaters. Zwar wusste sie, warum der Großvater diesen Namen ausgewählt hatte, denn ihr Vater erzählte die Geschichte bei jeder Gelegenheit und immer so, als ob er dabei gewesen wäre. Aber glücklich wurde sie mit dieser Geschichte auch nicht.

Es war das Jahr 1935. Der letzte Regen hatte die Straßen als Schlammhügel zurückgelassen. Mittlerweile schien zwar die Sonne, aber es würde Tage dauern, bis der Schlamm trocknete und verschwand.
„Mein Vater Ömer oğlu Ömer[8] machte sich an diesem 25. September 1935, ein Jahr nachdem das Familiennamensgesetz in Kraft getreten war, auf den Weg, um sich einen Familiennamen zu holen. Er war zu diesem Zeitpunkt ein junger Mann und konnte tagelang gehen. Trotz der Bitten seiner Frau und seiner Mutter Hatice, in Frieden soll sie ruhen, zu warten, bis der Schlamm trocken wäre, zog er los. Er ging seiner Wege, wie es sich für Ömer, Sohn von Ömer gehörte. Denn, du musst wissen, wir sind berühmt dafür, dass wir das, was wir uns in den Kopf setzen, auch auf der Stelle in die Tat umsetzen", sagte er dann und lachte. „Und du bist auch, wenn du auch ein Mädchen bist, eine Tochter von Ömer, und wenn du etwas möchtest, wirst du es auch bekommen. Du musst nur dafür arbeiten", fügte er hinzu und sah Selda, seine Tochter, bedeutungsvoll an.

[8] Ömer, Sohn von Ömer

„Als mein Vater in der zwanzig Kilometer von seinem Dorf entfernten Stadt vor dem Beamten stand, auf seiner Kleidung die Spuren der Reise, grüßte er den Beamten und sagte: „Ich komme wegen der Angelegenheit mit dem Namen, Memur bey[9]!" Der Beamte hörte diesen Satz seit einem Jahr tagein, tagaus. Er sah Ömer an und fragte, ohne eine Miene zu ziehen: „Was ist dein Beruf?" Ömer antwortete lächelnd: „Ich bin Bauer, Memur bey." „Gut", sagte der Beamte, „dann heißt du ab heute Ömer Bauer", und setzte den Stift auf das Papier, um den neuen Namen einzutragen. Bevor er allerdings den Kreis fertig hatte, der Ömers Vornamen darstellen sollte, unterbrach dieser ihn. „Kann ich mir nicht einen anderen Namen aussuchen?", sagte also Ömer, Sohn des Ömer und für sehr kurze Zeit Herr Bauer. „Bauer heißen schon vier Familien in meinem Dorf und wir sind weder verwandt noch verschwägert mit diesen Familien, und unter uns, mit der einen Familie, den einen Bauers, sind wir, Söhne von Ömer sogar auf dem Kriegsfuß." Der Beamte schmunzelte. Bis jetzt hatte noch keiner bei ihm Einspruch erhoben. Er hatte schon gehört, dass in anderen Städten Einzelne den Wunsch geäußert hätten, sich einen Namen auszusuchen. Aber ihm, Ahmet oğlu Ahmet, der seit einem Jahr Ahmet Zengin hieß, „zengin" für „reich", war noch nie jemand untergekommen, der diesen Wunsch geäußert hatte. Niemand aus diesem Dorf hatte es bis jetzt gewagt, einen anderen Namen einzufordern, als den, den er ihnen vorgegeben hatte. Und dieser mit Schlamm bedeckte Mann wagte es? Das ließ ihn schmunzeln. Wenn vier Familien in einem kleinen Dorf Bauer hießen, bedeutete das, dass mehr als die Hälfte des Dorfes diesen Namen trug. Mit ernsthaftem Interesse sah der Beamte den Mann, der die Zukunft seiner Kinder entscheiden würde, an.

„Wie willst du denn heißen? Einfach Ömeroğlu? Sohn von Ömer?", fragte er etwas freundlicher.

„Nein, nein, Memur bey", sagte Ömer, „ich würde gerne Mutlu heißen. Ömer Mutlu[10], damit ich es endlich eines Tages, so Gott will, auch bin", sagte Ömer, und war von diesem Zeitpunkt an mutlu, glücklich nämlich, oder zumindest war es sein Name."

[9] Herr Beamter
[10] glücklich

Selda hatte diese Geschichte mehrmals gehört und jetzt sitzt sie da vor ihrem Kasten und weiß, dass sie weder mit ihrem Namen noch mit ihrem Leben mutlu, also glücklich ist, und fragt sich, wie ihr Großvater wohl war und ob er wirklich auch, unabhängig von seinem Namen, ein glücklicher Mensch war.

Sie findet, dass ihr Name und sie nicht zusammenpassen. Selda, die Überschwemmung, die vom Berg kommt, und Mutlu, glücklich, haben, findet sie, nichts mit ihr zu tun. Nie war sie so reißerisch, schnell und zielbewusst wie eine Überschwemmung, die vom Berg kommt, und glücklich, wie der Familienname es ihr vorschrieb, war sie auch nicht.

An der Innentür des Kastens sind neben dem kleinen Spiegel auch Posters von Michael Jackson, Madonna, Bruce Springsteen, ein Bild, das sie selbst gemalt hat, und ein weißer A5-Zettel mit einer Strichtabelle angebracht.

Das Zimmer, das tagsüber als Wohnzimmer für alle dient, wird in der Nacht zum Schlafzimmer der Kinder, wovon es, Selda eingerechnet, zwei gibt. Sie und ihre Schwester Derya, vier Jahre jünger.

Selda Mutlu, zu diesem Zeitpunkt vierzehn Jahre alt, sitzt im Dunkeln. Ihre Schwester ist, nachdem Selda für sie das Sofa zum Bett umgeklappt hat, schlafen gegangen.

Nachdem sie eine Zeitlang vor dem offenen Kleiderkasten gesessen ist, nimmt sie die Tabletten unter der Wäsche hervor, die sie am Nachmittag nach dem Streit dort versteckt hat, und drückt eine aus der Packung. Eine Weile hält sie sie in der Hand, bis die rote Farbe in ihrer schwitzenden Hand zu schmelzen beginnt. Wie sie wohl schmeckt, denkt sie, legt die erste Tablette ohne Wasser in ihren Mund und schluckt sie hinunter. Danach setzt sie einen Strich auf den Zettel, den sie extra für dieses Vorhaben an die Innentür des Kastens geklebt hat.

Mit der zweiten Pille in der Hand überlegt sie, wie es wohl sein wird, wenn sie stirbt. Ihr werdet sehen, was ihr davon habt, mich so zu quälen, denkt sie und führt die zweite Pille in den Mund, trinkt einen

Schluck Wasser hinterher und setzt noch einen Strich neben den, der schon existiert. Sie versteht nicht, warum ihre Mutter es nicht versteht, dass sie nicht für sie das Dienstmädchen spielen will. Es kann ja sein, dass andere Mädchen immer alles tun, was ihre Mütter von ihnen verlangen, aber ich bin nicht so wie andere Mädchen. Ich hasse nun mal das Geschirrspülen.

Das war es auch, was sie ihrer Mutter gesagt hatte, als diese Selda daran erinnerte, dass sie das Geschirr spülen sollte. „Ich mag nicht!", hatte sie gesagt. „Immer muss ich das Geschirr spülen und heute mag ich nicht. Ich mag einfach nicht! Ich bin nicht deine Sklavin!", hatte sie zu sagen gewagt. Im Deutschunterricht hatten sie ein Gedicht von Khalil Gibran gelesen, in dem er über die Kinder spricht und sagt:

Eure Kinder sind nicht eure Kinder.
Sie sind die Söhne und Töchter der Sehnsucht des Lebens nach sich selber.
Sie kommen durch euch, aber nicht von euch, und obwohl sie mit euch sind,
gehören sie euch doch nicht.
Ihr dürft ihnen eure Liebe geben, aber nicht eure Gedanken,
denn sie haben ihre eigenen Gedanken.
Ihr dürft ihren Körpern ein Haus geben,
aber nicht ihren Seelen, denn ihre Seelen wohnen im Haus von morgen,
das ihr nicht besuchen könnt, nicht einmal in euren Träumen.
Ihr dürft euch bemühen, wie sie zu sein,
aber versucht nicht, sie euch ähnlich zu machen.
Denn das Leben läuft nicht rückwärts, noch verweilt es im Gestern.
Ihr seid die Bogen, von denen eure Kinder als lebende Pfeile ausgeschickt werden...

Die Deutschlehrerin hatte mit ihnen das Gedicht gelesen, es besprochen und Selda hatte in Khalil Gibran einen Verbündeten gesehen. Zu Hause angekommen, hatte sie es ihrer Mutter vorgelesen, es übersetzt, in der Hoffnung, dass sie dem Gedicht Recht geben würde.

Dass sie sagen würde, ja mein Kind, das stimmt. Ich sehe es auch so. Aber ihre Mutter hatte sich aufgeregt und gesagt, dass das ein Schwachsinn sei und dass ihre Kinder sehr wohl ihre Kinder seien und sie ihnen sehr wohl nicht nur ein Haus für den Körper, sondern auch für die Seelen geben würde.

Selda hatte das Geschirr doch gespült. Ein letztes Mal, sagt sie sich, als sie eine Tablette nach der anderen in den Mund schiebt und einen Strich neben den anderen setzt. Den fünften Strich zieht sie quer über die vier. Du kannst meiner Seele kein Zuhause geben! Meine Seele wohnt im Haus von morgen. Nicht einmal in deinen Träumen kannst du es besuchen! Jawohl! Denn ich gebe meiner Seele jetzt ein anderes Zuhause! Du verstehst mich einfach nicht! Du willst mich doch genau so machen wie dich selbst! Ich werde sicher nicht so werden wie du! Keine Ehe! Keine Kinder!

Nach der 21. Pille legt sie sich auf das Sofa, das für sie als Bett dient, und wartet. Das sollte reichen.

Anne, Abi, Apfel, Abla, Anahtar, Ağaç, Araba[11], Angst beginnt sie alle Wörter, die mit A anfangen und ihr gerade einfallen, aufzuzählen. Als sie bei F wie Feder ankommt, wird ihr schlecht und sie hört auf. Gerne würde sie sich bewegen, aber es geht nicht. Sie kann ihren Arm nicht bewegen, sie kann ihre Beine nicht bewegen, sie hat das Gefühl, dass sie nicht atmen kann. Alles was sie kann ist, ihre Mutter sehen. Sie sieht sie vor sich, wie sie in der Früh, bevor sie in die Arbeit geht, Selda finden wird.

Aus Seldas Mundwinkeln wird der Schaum ausgelaufen sein, das weiß sie von einem Film, den sie unlängst im Fernsehen gesehen hat, und sie wird schlaff daliegen. Das eine Bein wird von dem zu engen Sofabett herunterhängen und ihre Augen werden offen und nach oben gedreht sein. Vielleicht wird sie ja alles genau so sehen können wie jetzt. Es heißt ja, dass die Toten alles sehen können. Sie wird dann von oben herabschauen, wie sehr sie geliebt wurde und wie die Mutter klagen wird, dass ihre älteste Tochter von ihnen gegangen ist, und sie wird nicht wissen, was passiert ist und wird verzweifelt sein.

[11] Mutter, Bruder, Schwester, Schlüssel, Baum, Auto,

Während die Mutter klagt, wird die vier Jahre jüngere Schwester in ihrem Kasten nachgesehen und die leere Tablettenpackung und den Zettel mit der Strichliste an der Innentür des Kastens gefunden haben, wo unter dem Titel: „Eingenommene Tabletten" ein Strich neben dem anderen gezogen worden ist.

Da sie für ihr Alter ein sehr intelligentes Kind ist, wird sie die Lage schnell überblickt und das der Mutter mitgeteilt haben, woraufhin die Mutter ihre Klage ein wenig abgeändert haben wird. Sie wird nun nicht mehr „Ach mein Kind, warum bist du so jung von uns gegangen!" klagen, sondern „Kind, warum hast du mir das angetan!?" Mit diesen Gedanken liegt Selda Mutlu auf ihrem zu engen Bettsofa und beobachtet die eingebildete Szene.

Als sie die imaginierten Vorwürfe ihrer Mutter hört und die Wirkung der Tabletten immer stärker und stärker wird, was sich in Form von Übelkeit bemerkbar macht, beschließt sie, in das Zimmer ihrer Mutter zu gehen. Mit viel Mühe schafft sie es aufzustehen. Mittlerweile zeigt der Zeiger der riesengroßen, billigen Wanduhr vom Mexikoplatz[12] zwei Uhr nach Mitternacht.

Das Zimmer der Mutter liegt neben der Küche und ist vom Wohn- und Schlafzimmer etwa fünfundzwanzig Schritte entfernt.

Selda steht von ihrem Bettsofa auf, geht, wackelnd, in das Zimmer ihrer Mutter und ruft leise nach ihr: „Mama", flüstert sie. Die Mutter schläft tief und fest und hört ihre Tochter, die am Ende des Bettes steht, nicht. Der Vater ist nicht zu Hause. Vermutlich ist er wieder mit seinen Freunden in irgendeinem Kaffeehaus und feiert durch, mit anderen Frauen. Die Mutter liegt auf dem Rücken, die Arme und Füße auseinandergestreckt. Selda versucht es noch einmal, diesmal etwas lauter: „Mama, Mama, ich habe Tabletten genommen", sagt sie noch im Stehen und lässt sich auf das elterliche Bett fallen, wodurch die tief schlafende Mutter wach wird. „Selda? Was ist los, mein Kind?", fragt sie im Halbschlaf. „Mama", wimmert Selda. „Ich habe deine Schlaftabletten geschluckt!"

„Was sagst du da?", sagt sie und wiederholt sich: „Was hast du gesagt? Sag das noch einmal!" Während sie aufsteht, wiederholt sie immer wieder den einen Satz.

---

[12] Platz im 2. Wiener Gemeindebezirk, wo viele Geschäfte Billigwaren anbieten.

Selda, weinend, gesteht noch einmal, leise: „Ich habe deine Schlaftabletten geschluckt und mir ist so schlecht."
Zeynep Mutlu, 34 Jahre alt, Arbeiterin in einer Fischfabrik, zieht das Kind Richtung Küche zur Sitzbadewanne und versucht, ruhig zu bleiben, denn sie weiß, wenn sie jetzt durchdreht, wird das Kind nicht antworten. „Schatz, warum hast du das gemacht? Und wie viele Tabletten hast du genommen? Warum?"
In der Küche zieht sie dem Kind das Nachthemd aus. Selda schämt sich, so nackt vor ihrer Mutter zu stehen. Seit ihrem zwölften Lebensjahr hat ihre Mutter sie nicht nackt gesehen. Aber sie kann nichts machen, die Mutter hat sie schon ausgezogen und dreht den Wasserhahn auf, stellt das Wasser auf lauwarm ein und lässt Selda in der Badewanne unter der lauwarmen Dusche, und läuft ins Wohnzimmer, um die kleine Schwester zu wecken, die dann die Rettung holen muss. Sie selbst mixt schnell ein Getränk aus Joghurt, Knoblauch und einem Ei zusammen, das Selda trinken soll.
Während die kleine Schwester die Rettung ruft, kommt Zeynep mit dem Getränk zu Selda und reicht es ihr mit den Worten: „Das musst du trinken, Mamis Engel, das ist gut und wird dir helfen." Selda wird beim Geruch des Getränkes noch übler. „Das stinkt", sagt sie, „ich mag das nicht trinken!"
„Mein Augenlicht, du wirst nicht gefragt, ob du magst oder nicht", sagt Zeynep. „Runter damit!" Selda versucht es, aber es geht nicht. Es ist, als ob ihr alles hochkommen möchte.
„Ich mag nicht! Mir wird davon noch übler!", sagt sie.
Zeynep weint. „Trink das! Es wird dir gut tun. Alles wird gut. Du wirst alles wieder erbrechen und dann ist das Gift weg! Komm, mein Honig, mach deinen Mund auf!", sagt sie und hält Selda die Tasse mit dem Gebräu an den Mund. Mit der einen Hand wischt sie sich die Tränen weg, Selda soll nicht sehen, dass sie weint. Selda sieht sie trotzdem.
„Was muss ich denn noch alles durchmachen? Warum tust du mir das an, Gott? Was habe ich gemacht, dass ich das verdiene? Habe ich meine Mutter jemals schlecht behandelt? Was ist der Grund dafür? Mein Gott, was muss ich denn noch alles durchstehen? Ein nutzloser Mann, Kinder, die nicht so sind, wie sie

sein sollen! Oh mein Gott! Warum bestrafst du mich nur so?", murmelt sie wie ein Gebet vor sich hin und hält Selda die Haare hoch, als sie, kaum das Glas geleert, alles wieder hoch würgt und sich übergeben muss.
Selda steht mitten im nach Knoblauch stinkenden Erbrochenen, das Gefühl des Erbrechenwollens hört nicht auf und sie lässt es zu und übergibt sich mehrmals.

Als Selda endlich aus der Badewanne steigen darf, sind ihre Lippen blau angelaufen. Sie zittert. „Wann kommt diese blöde Rettung endlich? Was haben sie gesagt, wie lange es dauert?", fragt Zeynep die zehnjährige Derya, die alles beobachtet.
„Ich weiß nicht", sagt sie so leise, dass die Mutter sie gerade noch verstehen kann. „Sie haben gesagt, sie kommen gleich."
„Jetzt brauchen sie auch nicht mehr kommen", sagt die Mutter. „Sie wird schon wieder." Während sie den Satz ausspricht, läutet es an der Gegensprechanlage. „Kommen Sie raus", sagt eine männliche Stimme zu Derya, die die Tür öffnen will.
„Mama, wir sollen rausgehen, sagt der Mann", wiederholt die kleine Schwester.
„Zieht euch Schuhe an", befiehlt Zeynep ihren Töchtern, als ob sie Kleinkinder wären, die nicht wissen, dass man Schuhe anzieht, wenn man hinausgeht. Selda, die nichts anderes will als wieder in ihr Bett, gehorcht automatisch, da sie nicht die Kraft hat, sich zu widersetzen.

„Ich will nicht sterben. Ich will nicht sterben." Das ist der Gedanke, der ihr durch den Kopf geht. „Ich werde nicht sterben." Auf dem Weg nach draußen, wo der Rettungswagen wartet, wird Selda von ihrer Schwester und ihrer Mutter gestützt.

Ein graumelierter Arzt um die Fünfzig wartet im Rettungswagen und lädt sie ein, einzusteigen. Auch Zeynep möchte einsteigen, wird aber vom Arzt aufgefordert, draußen zu warten. Im Inneren des Wagens weist er Selda an, sich auf die Pritsche zu legen. Ihr ist kalt. „Na, erzähl amal, was war los", sagt der Arzt im Wiener Dialekt. Da sie

nicht weiß, was sie ihm sagen soll, sieht sie ihn nur an und beginnt zu weinen, obwohl ihr das peinlich ist. „Damit kumma a net weida", sagt er. „Mir wissen jo, wosd gmocht host. Die Froge is, warum du des gmocht host." Selda will nach Hause, wieder in ihr Bett, und sagt, um irgendetwas zu sagen, um die Sache schnell hinter sich zu bringen und um wieder nach Hause gehen zu dürfen:
„Ich hab eine Fünf geschrieben." Sie will ihm nicht erzählen, dass sie ihrer Mutter das Gedicht von Khalil Gibran vorgelesen, das Gedicht ins Türkische übersetzt und ihre Mutter nichts verstanden hat. Nichts! „In welchem Foch?", will der alternde Arzt wissen. „In Biologie", sagt sie, ohne nachzudenken. „Für wie blöd hoits du mi eigentlich", sagt der Arzt. „Sie sieht ihn fragend an. „Wos woar wirklich los?", will er von ihr wissen. „Hots di gschlagen, die Mama?" „Nein", sagt Selda. „Meine Mama hat mich nicht geschlagen. Noch nie!"
„Hot di der Vota gschlagen?"
„NEIN!", schreit Selda, da sie die Vorwürfe ärgern. „Auch der Vater hat mich nicht geschlagen", und weint jetzt noch mehr. Was ist das für ein Arzt, denkt sie.
„Na, wos a imma", murmelt der vor sich hin. „Host di scho übergeben?" Ja, und wie ich mich übergeben hab, ich habe nichts mehr in mir, denkt sie und ergänzt: „Meine Mama hat mir was zum Trinken gegeben, und dann habe ich gebrochen."
„Na, dann is ja guat", sagt er und begleitet sie aus dem Krankenwagen wieder in die kalte Nacht hinaus. Selda wundert sich darüber, dass er sie nicht untersucht hat, aber sie traut sich nicht irgendetwas zu sagen. Alles was sie will, ist, wieder in ihrem Bett liegen.

Als sie aus dem Wagen ausgestiegen sind, fragt der Arzt Zeynep, die mit der kleinen Schwester außerhalb des Wagens in der Kälte gewartet hat: „Schlagen Sie das Kind?" Die Schwester übersetzt der Mutter ins Türkische.
„NEIN!", schreit Zeynep entsetzt über die Unterstellung. „Nix schlagen. Kind nix schlagen." „Das soitens oba. Wos die braucht, is a Tracht Prügel", sagt der Arzt und geht wieder ins Wageninnere.

Der Rettungswagen fährt los, Selda, gestützt von ihrer Mutter und ihrer zehnjährigen Schwester, geht ins Haus, durch den Hof, in den Hinterhof, in die Wohnung zurück.

Die Frau meines Vaters

Niemand wusste, wie sie hieß, weil niemand sie fragen konnte. Es war ein sonniger Tag im Juli, als sie im Dorf ankam, mit ihrem Freund, ihrem türkischen. Jede deutschsprachige Frau wird hier Helga oder Maria genannt, nennen wir sie also vorläufig Helga. Helga hatte ihren Freund, meinen Vater, in der Fabrik kennen gelernt, wo sie Autoteile ineinanderfügten. Dass die Dorfbewohner sie als seine offizielle zweite Frau ansahen, wusste sie nicht.
Vor sechs Jahren war mein Vater angeblich nach Deutschland gegangen, und jetzt, eines sonnigen Julitages tauchte er plötzlich hier auf. Ohne eine Ankündigung, ohne Vorwarnung. Er hatte in seinen monatlichen Briefen an meine Mutter nie eine Frau erwähnt, geschweige denn, dass er bald mit ihr kommen würde. Die Briefe waren immer gleich, so gleich, dass meine Mutter sie nach einiger Zeit nur noch kurz öffnete, das Geld, das er immer in einem extra Kuvert in den Brief hineingab, herausnahm und den Brief nicht einmal mehr las. Wenn meine Oma sie dann fragte, was ihr Sohn geschrieben hatte, sagte sie monoton: „Wie immer, er arbeitet hart und kommt dieses Jahr auch nicht."
Jetzt war er doch gekommen, und nicht allein.

Kurz nach der Hochzeit hatte mein Vater die Genehmigung erhalten, auszuwandern. Wie so viele junge Menschen aus unserem Dorf. Auch meine Mutter hatte ein Ansuchen gestellt. Sie wollten gemeinsam nach Deutschland gehen, um dort ein neues Leben anzufangen. Bei der Gesundheitskontrolle allerdings war ich im Bauch meiner Mutter festgestellt worden, sodass ihre Ausreise nicht gewünscht war. Was sollte man auch mit einer schwangeren Frau in einer Fabrik in Deutschland? So war mein Vater alleine gegangen und hatte sich sechs Jahre nicht blicken lassen.

Als das Taxi vor unserem Haus hielt, stand meine Mutter, seine erste Frau – eigentlich seine einzige, denn später sollten wir erfahren, dass Helga, die zweite, nur seine Metres[13] war, er hatte sie nämlich nicht nach islamischem Ritus geehlicht – kniehoch im Wasser und jätete das Unkraut zwischen den Reispflanzen. Meine Oma, die Mutter meines Vaters, backte gerade Maisbrot, ich durfte ihr helfen. Langsam wurde ich erwachsen, in eineinhalb Monaten sollte mein Schulleben beginnen.

Das Taxi wirbelte Staub auf der nicht asphaltierten Dorfstraße auf. Die Staubwolke blieb vor unserem Haus stehen, das Taxi hupte einige Male, sodass meine Oma und ich aus dem Fenster unseres zweistöckigen Holzhauses sahen. Was wir sahen, waren der Po und die Beine eines Mannes, dessen Oberkörper hinter dem Kofferraumdeckel verschwunden waren, und eine Frau, die am Taxi lehnte und rauchte. Auch sie hatte eine Hose an, eine sehr enge, und ein Unterhemd, sodass meine Oma aufschrie: „Waaaachhhh, wachh! Da steht eine Hure vor unserem Haus! Wach! Wach! Wach!" Sofort begann sie, Gebete vor sich hin zu murmeln, damit Gott nicht Steine vom Himmel auf uns regnen ließ. Sekunden nachdem sie ihre Gebete begonnen hatte, erkannte meine Oma ihren Sohn, als dieser die Koffer zum Gartentor brachte. Sie muss ganz inbrünstig gebetet haben, denn es regnete keine Steine auf uns nieder, als wir aus dem Haus gingen, um meinen Vater willkommen zu heißen. Das Taxi fuhr weg und hinterließ wieder eine Staubwolke.

Helga trug die Haare offen. Sie glänzten wie Honig im Sonnenschein auf ihrem roten Unterhemd. Im Gegensatz zu meiner Großmutter fand ich nichts Hurenhaftes an ihrer Erscheinung, denn ich wusste, Huren sind Frauen, die schlecht und schmutzig sind. Ich mochte sie schon, als ich sie aus dem Fenster gesehen hatte, wie sie am Taxi lehnte und, ihre Zigarette in der Hand, sich umsah, als ob sie auf einem anderen Planeten gelandet wäre.

Meine Oma begrüßte den Mann und präsentierte ihn mir als meinen Vater. Ich kannte ihn ja nicht. Ich hatte Bilder von ihm gesehen. Aber von Kennen konnte keine Rede sein. „Wach! Mein Sohn!", schrie meine Oma, als ob sie die ganze Dorfbevölkerung benachrichtigen wollte, und ihre Tränen flossen reichlich, als sie ihn an sich drückte

[13] aus dem Französischen: Mätresse für Geliebte, Freundin, negativ besetzt

und ihm tausend Vorwürfe der Freude entgegenschleuderte. „Wach! Wach! Wo warst du all die Jahre? Schau dich an, du bist ja ganz abgemagert! Hast du nichts zu essen bekommen in der Fremde? Mein Sohn, mein Sohn, Wach! Wach! Du kennst ja nicht einmal deine Tochter. Warum hast du nur so lange gewartet? Und wer ist diese Frau, die du da mitgebracht hast? Wach! Wach! Wach! Und warum hast du nicht gesagt, dass du kommst, und noch dazu mit einer fremden Person? Jetzt haben wir nichts Anständiges zu Hause. Gott weiß, ich habe geschworen, wenn ich dein Gesicht in diesem Leben noch einmal wiedersehe, werde ich ein Schaf opfern. Kind, geh und hol mir Onkel Selim, dein Vater soll was Richtiges zu essen bekommen! Schnell, lauf zu ihm und sag ihm, dass ich mein bestes Schaf schlachten will, er soll sich beeilen..." Und so ging es eine ganze Weile. Ich weiß nicht, ob mein Vater ihr dazwischen geantwortet hat oder nicht. Wenn er geantwortet hat, muss es sehr leise gewesen sein, denn ich habe nichts gehört.
Mein Vater trug die Koffer ins Haus, meine Oma nahm Helga an der Hand und führte sie ins Haus. Ich stand da, einfach nur da, und sah zu. „Kind, stehe nicht herum wie versteinert, ich hab gesagt, du sollst Onkel Selim holen gehen!", sagte Oma, bevor sie mit der neuen Frau meines Vaters im Haus verschwand.
Als ich mit Onkel Selim zurückkam, war das Schaf schon ausgewählt und von den anderen getrennt, allein an einen Baum im vorderen Garten gebunden, und hatte eine rote Schleife um den Hals. Woher hatte meine Oma so schnell diese Schleife genommen, wunderte ich mich. Mein Vater und Onkel Selim grüßten sich mit einer minutenlangen Umarmung und entschieden, dass das Schaf noch ein wenig das Leben genießen durfte. Sie würden erst mal zum Dorfplatz ins Café gehen, damit auch alle erfahren, dass er zurückgekehrt war.
Die Nachricht, dass mein Vater gekommen war, noch dazu in Begleitung einer deutschen Frau, verbreitete sich schneller als ein Feldbrand im Sommer. Meine Mutter wurde bis zur letzten Minute verschont. Kaum ein halbes Jahr verheiratet, war sie schon zur Witwe mit Mann geworden. In den Genuss der Ehe war sie nicht wirklich gekommen.

Als frisch Vermählte wurde sie zurückgelassen und hatte, obwohl nach einigen Jahren ihre Bewerber sogar bei der Schwiegermutter anzufragen begannen, ob sie verwitwet sei, ob sie sie heiraten dürften, die Hoffnung niemals aufgegeben. Sogar die Schwiegermutter begann zu insistieren, von ihrem Sohn sei nichts mehr zu erwarten, wahrscheinlich würde er nie wieder zurückkommen. Wie man sehe, hätte er sich als ein ungläubiger, ehrloser Mann entpuppt, es sei doch so schade um ein junges Ding, wie sie eines sei, sie könne ja nicht ewig auf ihren heillosen Sohn warten. Die Kleine, also mich, könne meine Mutter gerne bei ihr lassen, denn wer würde schon eine Frau, auch wenn sie so hübsch war, wie meine Mutter, mit einem Kind nehmen, wer ein fremdes Kind durchfüttern wollen. Aber meine Mutter hatte es sich nicht einreden lassen. Sie hatte mich nicht verlassen. Jetzt hörte sie als letzte, dass ihr Mann zurückgekommen war. Und zwar mit einer zweiten Frau.

Als Reyhan, die wandelnde Postille des Dorfes, bei meiner Mutter am Reisfeld ankam, steckte meine Mutter bis zu den Knien im Wasser. Das Unkraut, das zwischen den Reispflanzen zu wachsen begann, musste gejätet werden. Schritt für Schritt arbeitete sie sich im quadratisch angelegten Reisfeld vor, das mit seinen Wällen drum herum wie ein grüner Swimmingpool aussah. Ein Swimmingpool neben dem anderen, und sie hatte erst einen der Pools vom Unkraut befreien können. Da kam Reyhan mit einer Karaffe Ayran[14] an. „Ich dachte, dass du Durst hast", sagte sie zur Begrüßung. Da wusste meine Mutter, dass etwas nicht in Ordnung war. Reyhan war nicht der Mensch, der jemandem Ayran aufs Feld brachte, weil sie so großzügig war. Meine Mutter nahm die Karaffe, setzte sie an die Lippen, aber bevor sie trank, hielt sie inne und fragte Reyhan, ob mit mir etwas passiert sei.

„Wie kommst du auf so was?"

Es war Nachmittag und meine Mutter hatte sich überlegt, nach diesem Stückchen, das noch vor ihr lag, nach Hause zu gehen und sagte, dass sie, Reyhan, nicht der Mensch der falschen Freundlichkeiten war. „Reyhan, du bist nicht der Mensch, der einem Ayran bringt, wenn er nicht dabei eine Befriedigung erwartet, was ist los?"

[14] salziges Joghurtgetränk

„Warum sagst du so was Gemeines? Ich wollte dir nur was Gutes tun bei der Hitze. Außerdem dachte ich mir, du willst sicher die Neuigkeit hören..."

„Was du nicht sagst! Und die wäre?"

„Na, was bekomme ich denn dafür, wenn ich sie dir sage?"

„Siehst du? Du willst doch was!", antwortete meine Mutter selbstzufrieden.

„Was auch immer es ist, ich werde es erfahren, früher oder später, also, danke für den Ayran", sagte sie und trank die Karaffe halb leer.

„Nun gut, du musst mir nichts geben", sagte Reyhan hysterisch. „Ich sage es dir einfach so. Für nichts! Also: Dein Mann ist wieder da."

Gerade wollte meine Mutter sich bedanken, sie hatte den Mund schon geöffnet, aber Reyhan war schneller und fügte noch hinzu. „Mit seiner Frau!" Dann nahm sie die Karaffe und verließ das Feld. Das war es also, was Reyhan wollte. Eine Nachricht übermitteln, die das Gesicht meiner schönen Mutter die Farbe wechseln ließ. Aber meine Mutter tat ihr diesen Gefallen nicht. Sie hob nicht einmal eine Augenbraue. Auch wenn sie das Gegenteil gehofft hatte, geahnt hatte sie schon lange, dass ihr Mann eine andere Frau haben musste. Sie hatte es aus Angst, dass ihre Befürchtung wahr werden könnte, wenn sie sie ausspräch, niemandem erzählt, nicht einmal ihrer Schwiegermutter, mit der sie alles teilte, und es war trotzdem wahr geworden.

Als ob sie die Nachricht nicht vernommen hätte, also ob nichts passiert wäre, beendete sie ihre Arbeit. Sie band das Unkraut, das sie gejätet hatte zu einem Bündel, hing die Harke und die Sichel daran und machte sich auf den Weg nach Hause. Sie brachte das Unkraut in den Stall und streute es vor die Kühe hin, brachte das Werkzeug in die Scheune und betrat das Haus.

Als meine Mutter den Raum betrat, saß ihre Schwiegermutter Helga gegenüber auf dem Boden und starrte diese an. Kaum hatte Oma meine Mutter bemerkt, strömten die Tränen zum zweiten Mal an diesem Tag aus ihren Augen wie bei einem Wasserfall. „Oh mein Mädchen, was hat er dir nur angetan? Hätte ich das nur geahnt, hätte ich nie um deine Hand angehalten! Ich hätte lieber Schlangen in die

Welt gesetzt als diesen Ungläubigen. Was habe ich dir nur angetan?"
Als ob nicht sie die betrogene Frau wäre, versuchte meine Mutter, ihre Schwiegermutter zu beruhigen. Danach nahm sie Helga bei der Hand und brachte sie in ihr Ehezimmer.
Als sie nach zehn Minuten zusammen wieder in die Wohnküche kamen, war aus Helga eine Kopie meiner Mutter geworden. Sie war nicht wieder zu erkennen. Meine Mutter hatte ihr einen bodenlangen Rock mit Gummizug und eine lockere Bluse übergezogen und ihre wunderschönen Honighaare unter einem Kopftuch versteckt. Helga, stumm wie eine Puppe, setzte sich wieder auf ihren alten Platz.
„Morgen nehme ich sie mit aufs Feld", sagte meine Mutter, als Großmutter die zwei Frauen verwundert ansah. „Mir ist jede Hilfe recht."

Verdutzt sah meine Großmutter sie an, so als ob sie sagen wollte: „Kind, Kind, armes Kind, jetzt bist du auch schon verrückt geworden." Sie sagte nichts. Und Helga, die gerne viele Fragen gestellt hätte, konnte nichts sagen. Als es darum ging, den Salat zu machen, wurde Helga eingebunden. Meine Mutter rief sie, wie sie selbst von der Großmutter gerufen wird, „Gelin, Braut", und gab ihr die Gurken und das Messer in die Hand. Zuerst schnitt sie die Gurken in große Würfel und hielt sie meiner Mutter hin. Die schüttelte den Kopf. Helga, die Gurke in der Hand, zeigte nun ein etwas kleineres Stück, wobei meine Mutter heftig den Kopf schüttelte. Helga schnitt weiter an der Gurke und hielt meiner Mutter ein noch kleineres Stück unter die Nase, und meine Mutter nickte wohlwollend. Sie hatten angefangen, miteinander zu sprechen.

Heute sollten wir am Hochzeitstisch essen und nicht wie gewöhnlich auf dem niedrigen Tepsi-Tisch[15], weil meine Oma sich trotz allem sehr freute, dass ihr Sohn heimgekehrt war. Gerade als der Tisch gedeckt wurde, hörten wir die Schritte meines Vaters, der die Holztreppen hochkam. Meine Mutter ging zur Abwasch und trank ein Glas Wasser. Dann widmete sie sich wieder ihrer Arbeit. Mein Vater betrat das Zimmer, alle schienen erstarrt zu sein, nur meine Mutter nicht. Sie grüßte ihn, als ob er nie weggegangen wäre, so wie alle Frauen im

[15] rundes Tablett auf einem Holzgestell

Dorf ihre Ehemänner grüßen. Mit einem Wort: „Willkommen!" Alle Blicke richteten sich auf ihn, alle warteten darauf, dass er etwas sagte, eine Erklärung abgab, aber nichts kam von ihm. Er sagte nur ein leises „Danke!" und setzte sich an den Tisch. Mutter füllte die Teller, sagte mir, ich solle mich hinsetzen und die Helga solle ich mitnehmen. Ich ging zu Helga, nahm sie an der Hand und setzte sie neben mich. Auch meine Großmutter hatte schon Platz genommen, als meine Mutter stumm zu servieren begann.
Ich erwartete, dass sie jede Minute zu sprechen anfangen würde. Irgendjemand musste doch etwas sagen, aber nichts dergleichen geschah. Alle saßen stumm um den Tisch herum und aßen, was meine Mutter uns auftischte. Sie setzte sich nicht zu uns. Bis das passierte, womit niemand gerechnet hatte.
Helga, die den ganzen Abend meine Mutter beobachtet hatte und vermutlich nicht einmal wusste, dass der Mann mit dem sie gekommen war, der Mann dieser Frau war, stand von ihrem Platz auf, ging zu meiner Mutter, die gerade Geschirr in die Regale räumte, nahm sie an der Hand und setzte sie auf den Stuhl, den ich vorhin ihr zugewiesen hatte. Für sich selbst nahm sie einen anderen Stuhl. Das war der Abend, an dem Helga und meine Mutter ihr Schicksal zu teilen begannen.

Der Ruf des Muezzins
Für C.S.

I

Der Muezzin rief die Gemeinde von Marmaris zum Morgengebet und ich mit ihm nach Gott. Wir schrieen aus verschiedenen Gründen den Namen des Allmächtigen. Statt des Glaubens, den der Muezzin in sich hatte, spürte ich die Härte meiner Eroberung in mir. Minuten später saß er mit einem Joint, den er aus seiner Zigarettenschachtel zog, neben mir im Hotelbett. Das Zimmer, das wir um etwa drei Uhr früh bezogen hatten, war klein und spärlich. Ein Bett in der Mitte, links und rechts davon je ein halber Meter Platz. Gegenüber ein Frisiertisch, so groß wie mein Laptop, mit einem Sessel davor.

Zehn Jahre später treffen wir uns im Garten eines Cafés vor der Albertina in Wien. Er ist der Letzte, an den ich denke, als das Telefon läutet. Meine Hände stecken im Teig für das Brot, das ich für meine Familie backe. Ich habe meine Eltern, Geschwister, Cousins und Cousinen, Neffen und Nichten zum Familienbrunch eingeladen. Mein fünfjähriger Sohn Berk formt Klumpen aus dem Teig, den ich ihm gegeben habe, und spielt Autorennen auf dem großen, schwarzen Esstisch in der Küche. „Wann kommt denn Emrah", will er von mir wissen. Emrah ist sein gleichaltriger Cousin, der Sohn meines Bruders. Jeden Sonntag treffen wir uns bei einem anderen Familienmitglied zum Familienbrunch, der bis zum Abend dauern kann. Jeder Gastgeber hat seine eigenen Spezialitäten. In meinem Fall sind es Hummus und meine berühmten Zigarettenböreks, die ich nicht, wie es sich gehört, mit türkischem Blätterteig, sondern mit österreichischem Strudelteig mache. Und das seit Jahren. Alle zwei Monate komme ich an die Reihe, meine Spezialitäten aufzutischen.

„Hi babe", sagt eine Männerstimme, als ich das Telefon mit den Spitzen von Zeigefinger und Daumen an mein Ohr halte.

„Wer ist es, Mama? Wer ist es? Ist Emrah schon da? Darf ich die Tür aufmachen?"

„Jetzt warte einmal", sage ich zu meinem Sohn und „Ja, bitte?" in den Hörer.

„Hallo! Wie geht´s?"

„Ja bitte? Wer spricht?

„Hast du mich denn so schnell vergessen?", klagt die Stimme und in meinem Kopf macht es bimmel bammel. Oder sind das die Kirchenglocken, die den Mittag anläuten? In diesem Fall muss ich mich beeilen, in spätestens einer Stunde werden meine Gäste eintrudeln. Ich muss das Brot noch fertig machen, die Zigarettenböreks sind im Ofen, den Hummus habe ich schon gestern Abend gemacht. Ich nehme nie Kichererbsen aus der Dose. Nein, ich weiche sie einen Tag vorher ein, koche sie am nächsten Morgen, um meinen unvergleichlichen Hummus schließlich nach dem Geheimrezept meiner Großmutter zu würzen und kunstvoll abzuschmecken. In diesem Augenblick dämmert es mir, aber da ich nicht weiß, was ich ihm nach zehn Jahren sagen soll, und um Zeit zu gewinnen, frage ich noch einmal, wer denn bitte spricht. „Zehn Jahre sind einfach für die Zunge[16]", wie ein türkisches Sprichwort sagt. In meinem Kopf laufen plötzlich Szenen wie aus einem Schwarz-Weiß-Film.

„Es wird Zeit, dass ich nach Hause gehe!", sagte ich. Wir hatten in einem Hotel am Strand eingecheckt, der Rezeptionist wollte unsere Ausweise sehen, um sicher zu gehen, dass wir verheiratet waren. Sie wären ein anständiges Hotel, sagte er, mein Begleiter dürfe das nicht falsch verstehen, aber sie würden Prostitution nicht unterstützen. Es kämen immer wieder Gäste, die ihr Hotel als Stundenhotel missbrauchen wollten.

„What is he saying?", fragte ich und gab mich als Touristin aus. Ich hatte Spaß daran, so zu tun, als verstünde ich nichts. Ich weigerte mich, meinen Ausweis herzugeben. Er solle dem Mann in der Rezeption sagen, dass ich meine Papiere in meinem Hotel vergessen hätte. Ich wollte hier nicht registriert werden. Der Angestellte vermietete uns das Zimmer, da ich als Ausländerin keine Gefahr für die Ehre der türkischen Frau darstellte, und wir lachten uns im Aufzug schlapp darüber, dass er mich nicht als Türkin erkannt hatte.

Obwohl ich an jenem Tag endlich dreißig Jahre alt geworden war und

---

[16] On yıl dile kolay –
Zehn Jahre sind einfach für die Zunge

Denizhan sozusagen mein Geburtstagsgeschenk war, da ich mein Recht mit ihm zu sein, hart erkämpft hatte, fühlte ich mich, um es mit Madonnas erstem Welthit zu sagen „like a virgin". Ich war nicht nur eine Dreißigjährige, sondern eine dreißigjährige, türkische Frau, die von einem deutschen Mann geschieden war und nach Hause wollte, zu ihren Eltern.
„Du benimmst dich wie eine frisch geöffnete Dose", sagte er, als ob er meine Gedanken lesen könnte. „Bist du sechzehn geworden oder dreißig?", fügte er hinzu. Ich hätte ihn erwürgen können. Meine eigenen Unsicherheiten reichten mir, und das war kein Statement für die erste Nacht. Ich war seit fünf Jahren geschieden und außer ein paar Dates und Flirts hatte ich keine ernste Beziehung gehabt.
„Du bist dreißig, benimm dich bitte dementsprechend", legte er eins nach. Scheinbar sind Frauen in der Türkei nicht so schüchtern wie ich, dachte ich. Aber das Leben in der Türkei kannte ich nur von meinen Sommeraufenthalten und den Serien, die meine Eltern via Satellit in Wien sahen.
Obwohl ich erwachsen genug war, geschieden zu werden, musste ich meine Mutter regelrecht anflehen, diese Nacht mit ihm verbringen zu dürfen.
Ich begann, in Bettlaken gehüllt, meine Kleidungsstücke zu sammeln, wobei es nicht viel zu sammeln gab. Es war Hochsommer. Das Kleid lag auf dem Frisiertisch, die Unterhose war auf dem Sessel davor gelandet. „Hast du meinen BH gesehen?"
„No!" Von der Leidenschaft von vor Stunden war nicht mehr viel übrig geblieben. Er rauchte genüsslich seinen Joint und machte keine Anstalten, sich zum Gehen zurecht zu machen.
„Ich muss nach Hause, kannst du dich bitte anziehen?" Ich wollte zu Hause sein, bevor meine Eltern aufgewacht waren. Die Vorstellung, ihnen nach so einer Nacht zu begegnen, trieb mir die Schamesröte ins Gesicht.
„Lass mich zu Ende rauchen!"
Das ist das erste, was mir blitzartig einschießt, als er „Hi babe" sagt. Die erste Nacht, und wie unwohl ich mich fühlte.
Seine Stimme holt mich zurück in die Gegenwart.

„Was sagt dir Hotel Marmaris?"
„Hmm, Hotel Marmaris", überlege ich unschuldig und das Telefon fällt mir aus der Hand. Berk lacht mich aus.
„Hmm, mal sehen. Sommer, Strand, Meer, Touristen...?"
„Ist das alles?"
„Aber nein, Robert! Wie geht es dir? Dass du dich nach so langer Zeit meldest?" Ich muss mich konzentrieren, dass ich nicht lospruste.
„Who the fuck is Robert?" Seine Stimme klingt nicht mehr wie mein seidener Schal. „Ich bin´s Denizhan!"
„Ach, du bist es!" Ich lache los. Natürlich bist du es, denke ich mir. Glaubst du, ich war je wieder im Hotel Marmaris? Mit irgendeinem anderen?
„Und? Hast du schon ein Zungen-Piercing?"

II

Heute rufen die Muezzins ihre Gemeinden nicht mehr persönlich vom Turm des Minaretts zum Gebet. Sie legen eine CD ein, die das für sie übernimmt. Ausnahmen gibt es selbstverständlich. Die Ferien-Wohnung meiner Eltern, die sie vor Jahren in Marmaris gekauft haben, liegt in der Nähe einer Moschee, die mich fünf Mal am Tag daran erinnert, als Muslima geboren worden zu sein. Um meiner Mutter die aufregende Neuigkeit mitzuteilen, musste ich warten, bis der Muezzin den Nachmittagsruf zum Gebet beendete. Denn während des Ezans[17] ist es, als ob der Muezzin seine Gemeinde von unserem Balkon aus zum Beten riefe.

Meine Mutter war begeistert, als ich ihr von dem Mann erzählte, den ich in der Stadt kennen gelernt hatte. Endlich ein Türke. Sie hatte schon die Hoffnung aufgegeben, dass sich noch je ein Türke für mich begeistern könnte, denn in ihrer Welt war eine von einem Deutschen geschiedene türkische Frau in der Türkei nicht mehr vermittelbar. Dass mein Exmann Deutscher war, wäre auch fast zum Hindernis für unsere Eheschließung geworden, wäre er nicht Turkologe gewesen und hätte er nicht besser über türkische Gepflogenheiten, Kultur, Religion und Politik Bescheid gewusst als meine Eltern selbst.

[17] Ruf zum Gebet

Obwohl er – wie mein Vater immer betonte – ein „besserer Türke war, als die Türken", hatte die Ehe nicht lang gehalten und meine Mutter war besorgt, dass ich wieder einen „Ausländer" mit nach Hause bringen könnte. Man hätte ja gesehen, dass das nicht gut gehe. Die allergrößte Sorge meiner Mutter aber war, dass ich ihr mit einer Frau, einer Lebenspartnerin „daherkäme". „Dann würde ich mich umbringen, dass du es nur weißt! Also, wenn du mich umbringen willst, dann bitte", sagte sie, als ich bei einem Gespräch für die Rechte der Homosexuellen eingetreten war. „Scheinbar wollen die türkischen Männer nichts von dir wissen!", schrie sie. Umso erleichterter war sie, dass nun plötzlich doch ein Türke in mein Leben getreten war. Bei der Scheidung war ich 25 Jahre alt, aber für meine Mutter war ich schon 30. Auch wenn ich sie immer wieder darauf aufmerksam machte, dass ich noch fünf, vier, drei Jahre vor mir hatte, bis ich 30 würde, für sie war ich es schon mit 25. Und nun sollte ich es tatsächlich bald wirklich sein.

„Mami, Mami, schau was ich gemacht habe!", strahlt mich mein Sohn an und zeigt mir einen weiteren Teigklumpen, der ein Rennauto darstellen soll.

„Liebling, gleich. Ich telefoniere."

„Mit wem sprichst du?", will Denizhan von mir wissen.

„Mit meinem Sohn!"

„Wow! Du hast einen Sohn? Wie alt ist er?"

„Ja. So ist es. Er hat nämlich Autos aus Teig geformt und will meine Bewunderung", sage ich, ohne auf seine Frage einzugehen.

„Teig? Sohn? Wow! Sag bloß, du bäckst gerade Kekse?", staunt er. Bevor ich auf irgendeine Frage antworten kann, stellt er schon die nächste. „Und? Wie sieht es aus?"

„Was sieht wie aus?"

„Ich würde dich gerne wiedersehen. Können wir uns treffen?"

Mein Herz macht rumtakabumtak. Ja, ja, ja!, will ich schreien. Ich würde dich auch gerne wiedersehen. Denn ich denke immer wieder an dich und was gewesen wäre, wenn wir an diesem Abend... Und ich frage mich, was aus dir geworden ist, aber ich wusste nicht, und überhaupt, will ich losprudeln.

„Ja, klar, warum nicht!", antworte ich.
„Und dein Mann? Hat er nichts dagegen?"
„Was? Ach nein, bestimmt nicht!", lüge ich.
„Wieder ein Deutscher?"

III

Im Unterschied zu Priestern dürfen Muezzins heiraten. Sie müssen nicht zölibatär leben. Und das ist gut so, denn als Neunjährige war ich über beide Ohren und Nase in den Dorfmuezzin verliebt. Er war der Grund, warum ich darauf bestand, wie alle anderen Dorfkinder in die jeden Sommer angebotenen Korankurse in der Moschee gehen zu dürfen. Wir drei Kinder verbrachten die Sommerferien bei den Großeltern. Jedes Jahr fuhren wir den weiten Weg von Wien bis zu den Großeltern nach Denizli mit dem Auto, verbrachten die ersten vier Wochen mit und die restlichen vier Wochen ohne die Eltern im Dorf. Dann wurden wir vom Großvater in den Flieger gesetzt und von den Eltern in Schwechat abgeholt.

Eines Sommers begegnete ich dem jungen „Hodscha", dem Muezzin, der gegenüber dem Haus meiner Großeltern wohnte, als ich mit anderen Kindern vor dem Haus spielte. „Ich sehe euch morgen in der Koranschule", sagte er zu den anderen. „Darf ich auch kommen?", frage ich ihn. „Natürlich!" Sofort lief ich nach Hause und bat meine Mutter, die gerade wieder am Packen für die Heimreise nach Wien war, mit mir in die Stadt zu fahren. Ich wollte das schönste Kopftuch, das man in der Stadt kaufen konnte. Sie hatte ohne Übertreibung an die zweihundert Tücher in ihrem Kleiderschrank, aber keines davon wollte ich. Ich wollte ein eigenes, eines, das ich mir extra für die Koranschule kaufen würde. Im dritten Laden fand ich endlich ein hellblaues, von dem ich überzeugt war, dass es mir am schönsten stand. Mit diesem Tuch sollte ich die nächsten Wochen mein Haupt bedecken.

Von diesem Tag an saß ich in unserem Garten und bewunderte den „Dorfpavarotti", wie die Erwachsenen ihn nannten. Ich wusste nicht, wer oder was Pavarotti war, nahm aber an, dass er ein schöner

Mann sein musste, ganz so wie Haydar Hodscha. So hieß nämlich der Muezzin.

„Erinnerst du dich an Haydar Hodscha?", fragte ich meine Mama, die gerade am Balkon saß und wie jeden Tag ihre Zeitungen las. Auf dem Tisch einen türkischen Kaffee, mittelsüß, den ihr mein Vater immer kocht, und ein Stück Baklava, den er ihr jeden Tag frisch aus der Konditorei mitbringt.

„Ja klar, wolltest du den als Neunjährige nicht heiraten?", sagt sie und lacht spöttisch. Ich lache mit und das nimmt mir die Nervosität. Auch als ich ihr damals von Dirk erzählen musste, war ich nervös. Die Tatsache, dass ich in einigen Tagen dreißig Jahre alt werde, ändert nichts an meiner Nervosität. Ich bin genauso nervös wie damals als Einundzwanzigjährige und antworte auf ihre Frage mit: „Gestern in der Stadt habe ich jemanden kennen gelernt und werde ihn treffen. Ich wollte dir das nur mitteilen, wegen der Nachbarn und so, dass du keine Probleme bekommst."

„Und? Woher kommt er?"

„Er ist Amerikaner, also, ein Türke aus Amerika."

„Was jetzt? Amerikaner oder Türke?"

„Ja, so wie wir halt. Also, ich werde ihn nach seiner Arbeit treffen. Er ist Barista im „Kaffeeträume".

„Ja, wunderbar!" Meine Mutter strahlte.

„Fein!"

„Ihr könnt in die Konditorei gehen, wo Papa für mich immer die Baklava holt, die ist ganz in der Nähe und die haben einen sehr guten Kaffee, so wie du ihn gern hast."

„Das wird nicht gehen, Mama, wir werden in eine der Bars am Strand gehen, deine Konditorei sperrt ja schon um Mitternacht!"

„Ja und?" Mutter war entsetzt! „Du wirst doch nicht nach Mitternacht mit einem wildfremden Mann ausgehen wollen?"

„Wie gesagt, Mama, er ist Barista und arbeitet bis Mitternacht!"

„Kommt nicht in Frage! Wie sieht das aus? Du wirst nach Mitternacht sicher nicht das Haus verlassen! Und dass dich ein Mann auch noch von hier abholt, nach Mitternacht, kommt nicht in Frage!", sagte sie.

„Und Punkt." Schon war das Thema beendet und meine Freude auf das erste Date mit einem türkischen Mann dahin. Zumindest für die nächsten Tage. An meinem Geburtstag fasste ich meinen ganzen Mut zusammen und begab mich wieder zu meiner Mutter auf den Balkon.

„Mama, wollt ihr mich heute wieder zum Essen ausführen?"

„Ja selbstverständlich, mein Kind!", sagte sie mit der süßlichsten Stimme, die sie von sich geben konnte. Kein Wunder, als ich auf den Balkon kam, knabberte sie wieder an ihrem Baklava. „Gut", sagte ich mit fester Stimme, „dann werde ich, nachdem ich mit euch gegessen habe, Denizhan treffen. Dann braucht er mich nicht von hier abholen und du musst den Nachbarn nichts erklären. Ich werde am nächsten Tag nach Hause kommen. Bitte sag das Papa!", gab ich die Sätze von mir, die ich vorher in meinem Zimmer einstudiert hatte, und machte mir sogleich Sorgen, wie sie reagieren würden, wenn sie Denizhan sehen würden, mit seinen Tattoos, die seine Arme und seinen Hals zierten. Später sollte ich herausfinden, dass sie nicht die Einzigen waren, die er am Körper trug.

„Ja, nun. So wird es wohl sein. Immerhin bist du heute dreißig geworden!", sagte sie.

Es war einer der heißesten Sommer und an meinem Geburtstag hatte es tagsüber 40 Grad im Schatten. Trotzdem trug Denizhan ein weißes langärmeliges Hemd, als er kam, um mich abzuholen und ich schmolz dahin, denn ich wusste, er hatte das Hemd nur angezogen, um seine wunderbaren Tattoos zu verstecken.

Aber das wäre gar nicht notwendig gewesen. Auch wenn wir ausgemacht hatten, dass meine Eltern ihn sehen müssten, damit sie wussten, mit wem ihre Tochter die Nacht verbrachte. Man wisse ja nie, er könne ein Serienkiller, ein Schlächter oder sonst was sein, wenn mir etwas passierte, müssten sie ihn ja beschreiben können, sagte meine Mutter. Ich musste seine Telefonnummer, seine Arbeitsadresse, alle Informationen, die ich hatte, preisgeben. Aber es kam zu keinem Treffen. Je näher der Zeitpunkt seines Kommens rückte, desto nervöser wurde mein Vater. Als Denizhan anrief, er sei schon am Parkplatz eingetroffen, sprang mein Vater auf und erlaubte meiner Mutter nicht einmal, ihren Raki zu Ende zu trinken. Und das wollte was bedeuten, denn normalerweise hatte meine Mutter das

Sagen. In diesem Fall aber waren sie einer Meinung. Sie verließen das Lokal fluchtartig. Sie ließen mich alleine. Ich denke, mein Vater ertrug – auch nach drei statt nur einem Glas Bier, das er sich jährlich an meinen Geburtstagen gönnte – den Gedanken nicht, dass seine Tochter mit diesem Mann weiß Gott was vorhatte in dieser Nacht. Denizhan hatte eine kleine Karamelltorte im Auto, auf die er, als wir uns in seinen Wagen setzten, eine Wunderkerze steckte. Ich war begeistert von seiner Sorgfalt. Es war nicht nur die Torte und die Wunderkerze, an die er gedacht hatte. Er hatte auch Pappteller und Plastikgabeln mitgebracht. Wenig später landeten wir in besagtem Hotel.

IV

Nach dem Unterricht nahm ich das Kopftuch wieder ab. Als Haydar Hodscha mich ohne Kopftuch sah, lachte er. „Hmm, kleine Dame! Das ist also dein Verständnis von der Koranschule! Du bindest dir das Kopftuch um, solange du im Unterricht sitzt, und nimmst es ab, sobald du die Moschee verlässt. Aber das ist nicht das, was ein anständiges Mädchen tun würde."
„Naja, es ist doch so warm", kam ich ins Schwitzen.
„Ja, Gottes Wege sind steinig. Die leichten können alle gehen."
„Aber die Männer tragen auch kein Kopftuch", stellte ich fest.
„Ja, aber sie möchten Frauen, die ein Kopftuch tragen. Wenn du dein Kopftuch abnimmst, wird dich nie ein Mann heiraten", stellte er fest und mein Herz zog sich zusammen wie eine angestupste Qualle. Also, er würde mich nicht heiraten, wenn ich mein Kopftuch nicht an Ort und Stelle wieder aufsetzte. „Ich werde es nie wieder abnehmen", versprach ich, als ich mir mein schönes Kopftuch wieder umband. Zumindest in diesem Sommer nahm ich es nur noch beim Schlafengehen ab. Vielleicht hatten meine Ehen deswegen nie länger als drei Jahre gehalten, weil ich kein Kopftuch trug.
Denizhan fragte mich bei unserem vierten und letzten Treffen, ob ich mir die Zunge piercen würde. Für ihn. Denn es wäre ein Erlebnis der besonderen Art bei gewissen Praktiken. Ein Kopftuch aufzu-

setzen wäre einfacher, dachte ich, als ich ihm halbherzig zuhörte.
Ich war zu sehr damit beschäftigt, die Wohnung zu inspizieren, die
er angeblich mit seinen Freunden teilte. Ich suchte nach Spuren von
Weiblichkeit, als das Telefon läutete. Er fasste sich kurz, er würde
gleich zurückrufen, sagte er in den Hörer.
„Geh du schon mal hinunter", sagte er, „ich komme gleich nach."
Dass ich das Gespräch nicht hören sollte, beunruhigte mich. Gut,
ist mir recht, dachte ich, wir sprechen uns noch. Ich trat hinaus
auf die Straße und folgte seiner Wegbeschreibung. Er würde gleich
nachkommen, er müsse mal kurz telefonieren. Aus dem Garten auf
die Straße, einmal nach rechts, dann nach links und plötzlich befand
ich mich in einem unbeleuchteten Bauareal. Versteinert stand ich in
einer mir fremden Gegend. Es war zwar nicht weit zum Haus meiner
Eltern, das konnte es nicht sein, da wir ja nicht lang gegangen waren,
aber trotzdem bekam ich es mit der Angst zu tun.
„Hallo? Wo bleibst du?"
„Wo bist du bitte?", schrie er in den Hörer.
„Hier, bei dem Zelt, wo die Bauarbeiter schlafen. Wann kommst
du, mein Held?"
„Sprich gefälligst Türkisch!"
„Warum, wir sprechen doch immer Englisch!"
„Willst du, dass alle merken, dass du eine Touristin bist?"
„Ich bin keine Touristin! Und schrei mich gefälligst nicht an! Ich habe
mich ja nicht absichtlich verlaufen!"
„Du sollst Türkisch sprechen, willst du, dass man dich vergewaltigt?
Bleib, wo du bist und sprich am besten nicht. Ich bin gleich da!",
sagte er und legte auf.
Zwischen dem Mann, den ich kennen gelernt hatte, und dem Mann,
zu dem er geworden war, waren dreitausend Welten. Wer hatte ihn
angerufen, fragte ich mich, als ich auf ihn wartete. Keine fünf Minuten
später, die mir wie eine Ewigkeit vorkamen, stand er vor mir und warf
mir noch einmal die gleichen Fragen an den Kopf.
„Na hör mal, ich habe mich ja nicht absichtlich verlaufen!"
„Du hättest meinen Anweisungen folgen sollen, dann würden wir
nicht hier stehen!"

„Ich verstehe sowieso nicht, warum ich vor dir die Wohnung verlassen musste!"
„Damit nicht alle erfahren, dass eine Frau in der Wohnung war. Wir sind eine Männer-WG und nehmen keine Frauen mit nach Hause. Du warst die erste und einzige Frau, die in dieser Wohnung war."
„Aber klar!"
„Was heißt aber klar! Ich muss dir nichts vormachen!"
Mittlerweile waren wir an der Kreuzung angekommen und nach weiteren zweihundert Metern wären wir bei der Wohnung meiner Eltern, wenn wir die Kreuzung überqueren. Geradeaus wäre der Strand. Er machte Anstalten, die Kreuzung zu überqueren.
„Ich will nicht nach Hause, noch nicht", sagte ich. „Ich kann jetzt nicht gleich nach Hause gehen. Meine Eltern schlafen sicher noch nicht."
„Und?"
„Was und?"
„Ich will einfach nicht. Ich will meinen Eltern nicht begegnen, nachdem ich... Ich will an den Strand. Du musst ja nicht mitgehen", sagte ich und machte mich auf den Weg. Er folgte mir, ohne ein Wort zu sagen. Wir setzten uns auf die von der Sonne noch warmen Kieselsteine. Wie zwei Fremde saßen wir nebeneinander, als ob wir nicht vor Stunden zusammen die Berge der Lust erklommen hätten. Ich wollte nicht, dass wir sauer aufeinander waren. Mein Urlaub ging zu Ende, ich wollte ihn wiedersehen. Ich verstand seine Sorge.
„Look babe", sagte ich. Ich wollte die Situation retten, den Strand genießen. Er reagierte nicht. Ich dachte, er hat mich nicht gehört. Mit leicht erhöhter Stimme wiederholte ich.
„Look babe, wir müssen..." Ich konnte meinen Satz nicht beenden.
„Don´t baby me!", sagte er in seinem schärfsten Ton.
Ok, dann baby ich dich nicht mehr! Dann bleib doch, wo der Pfeffer wächst. Gut, dann hat es sich ausgebabt. Dann lagen wir da. Stundenlang lagen wir nebeneinander an diesem schönen Strand und lauschten, jeder für sich, dem Meer, bis er mich fragte, ob er mich jetzt nach Hause bringen dürfe. Ich bejahte seine Frage, indem ich aufstand und wartete, bis er auch aufstand. Vor unserem Haus küssten wir uns auf die Wangen, wie zwei alte Freunde.

„Wir sehen uns", sagte er.
„Aha!", antwortete ich und dachte mir „Wer´s glaubt!"

V

Als ich mit Zehn wieder ins Dorf kam, musste ich auf die Hochzeit von Haydar Hodscha. Mir blutete das Herz. Er hatte nicht auf mich gewartet. Nicht, dass er mir das versprochen hätte. Aber ich hatte damit gerechnet. Immerhin hatte ich den ganzen Sommer meines neunten Lebensjahres das Kopftuch nicht abgelegt, und sobald wir das Dorf erreicht hatten, hatte ich mein schönes blaues Tuch, noch im Auto, umgebunden. Aber nichts hatte geholfen. Er würde eine andere heiraten. So ging ich also auf die Hochzeit, ohne das schöne blaue Tuch. Sollte er doch mit seiner Wahl glücklich werden. Aber er würde sicher nicht glücklich. Denn ich verfluchte ihn mit meinen zehn Jahren. Genauso wie ich Jahre später Denizhan verfluchen sollte.

Und jetzt platze ich vor Neugier. In einigen Stunden werde ich ihn wieder treffen. Scheinbar hat mein Fluch seine Wirkung getan, denn warum sollte er mich, wenn er glücklich vergeben wäre, wieder kontaktieren. Auf meine Frage, wo er meine Telefonnummer her hat, lachte er nur und sagte, er hätte so seine Spione. Das werde ich dann genauer erfragen, dachte ich. Meine Familie trudelt ein. Alle küssen sich auf die Wangen, mein Sohn bekommt wieder ein Geschenk von meinem Vater. Die Wohnung riecht wie eine Bäckerei, alle loben meine Koch- und Backkünste. Ich höre sie wie aus der Ferne. Wie wird dieses Treffen wohl verlaufen? Wie sieht er heute aus? Ich habe mich ja nicht sehr verändert. Außer, dass ich jetzt ein Kind habe, hat sich in meinem Leben auch nichts verändert. Ich bin nach wie vor oder wieder einmal geschieden und Single. Nur noch eine Stunde!
Mit einer herzlichen Umarmung begrüßen wir uns, nachdem ich meine Familie verabschiedet und meinen Sohn meinen Eltern mitgegeben habe.
„Du hast dich überhaupt nicht verändert", schmeichelt er mir, während er meinen Sessel zurechtrückt.

„Würd ich dir auch gern sagen…", schmunzele ich, ohne den Satz zu Ende zu bringen.
„Ja, ich habe ein wenig zugelegt", sagt er.
„Müsste lügen, wenn ich dir widerspräche", grinse ich.
Er hat mindestens fünfzehn Kilogramm mehr als in dem Sommer, dafür hat er weniger Haare auf dem Kopf. Seine tiefschwarzen Augen leuchten allerdings noch immer wie Onyx. Er sieht aus wie der Dönermann um die Ecke.

„Wie geht es dir denn so?" Es ist natürlich schwer, ein Gespräch mit jemandem zu beginnen, den man zehn Jahre nicht gesehen hat. Noch dazu, wenn man sich nicht im Schönen getrennt hat.
„Ich habe viel an dich gedacht", spricht er weiter, bevor ich ihm antworten kann. „Sehr viel. Denn du hattest recht, ich war ein Arschloch!"
„Das habe ich nicht gesagt!"
„Das musst du nicht, ich weiß es. Deswegen wollte ich dich auch unbedingt sehen. Schon seit Jahren. Aber das Schicksal hat es uns erst heute ermöglicht, wie man sieht! Aber sag, wie hast du das mit deinem Mann gemacht?"
„Was denn?" Ich spiele die Naive.
„Hat er nichts dagegen, dass du mich triffst?"
„Nein", lüge ich. „Aber sag, was machst du in Wien?"
„Ich wollte dich sehen."
„Hhm. Du bist extra nach Wien gekommen, um mich zu sehen oder was?"
„Ja, ich muss mich doch bei dir entschuldigen!"
Bevor ich ihm sagen kann, dass er sich nicht zu entschuldigen braucht, dass es in Ordnung ist, dass wir einfach jung waren und so weiter, sehe ich eine Gruppe Frauen, die einem Mann in wallenden Gewändern folgt.
„Stell dir vor, als Neunjährige war ich in den Dorfmuezzin verliebt!", sage ich und er lacht nicht, er brüllt fast und klopft sich auf die Schenkel. „Nein!", ruft er immer wieder. „Du und ein Muezzin! Das ist ja zum Schießen!"

„Tja, wie sagt ein türkisches Sprichwort so schön: Liebe setzt sich sowohl auf das Weiße, wie auf die Scheiße[18]!"
Ich lächle mein schönstes Blend-a-med-Lächeln und sage: „Tut mir leid. Ich wollte dich nicht beleidigen."
„Hast du nicht. Ich bin sicher das Weiße in diesem Kontext", sagt er.
„Willst du meine erste Liebe in den Dreck ziehen?", sage ich. Das Eis ist gebrochen. Wir sprechen über die letzten zehn Jahre. Auch er hat geheiratet nach dem Sommer. Auch seine Ehe sollte nicht durch den Tod geschieden werden. Das tat eine Richterin im Stadtteil Beyoglu. Kinder hat er zwei. Eines mit einer Amerikanerin, die er in Marmaris kennen lernte und die ihm drei Jahre später mitteilte, dass er Vater werden würde. Vielleicht ist das auch ein Grund, warum er mich unbedingt sehen wollte, denke ich mir. Vielleicht will er wissen, ob er mir auch ein Kind gemacht hat. Er will von meiner Beziehung wissen, wo ich denn meinen Mann kennen gelernt habe und ob er Türke sei.
„Nein", sage ich, „er war Österreicher, das heißt, er ist Österreicher, wenn er ohne mein Wissen nicht eine andere Staatsbürgerschaft angenommen hat!"
„Was willst du damit sagen?", wundert er sich.
„Naja, du weißt doch, wie es ist mit mir und den Männern."
Er kapiert schneller als ich es ihm zugetraut hätte und wirkt sichtbar erleichtert.
„Was hast du mit dem Vater deines Sohnes gemacht? Oder? Oder ist es vielleicht..." Seine Augen leuchten auf.
„Ach nein!", unterbreche ich ihn. „Ist nicht von dir!"
„Schade", sagt er. „Ich hätte mir Kinder mit dir gewünscht!"
„Tja, babe", sage ich. „In diesem Fall hat es sich bei mir ausgebabet!"

---

[18] Türkisch: Aşk akada konar boka da.

Ein anderer Tag

... Zu den Sehenswürdigkeiten in der Altstadt Tondobaya shi Jinai gehört unter anderem das Osaka Schloss, welches vom Shogun Toyotomi Hideyashi...

Sie steht auf, dreht den Fernseher ab. Der Fernseher steht auf dem Kühlschrank in der kleinen Küche, von deren Fenster sie in den Hof hinunter schaut. Sie könnte, wenn sie wollte, vom Küchenfenster aus die Silberweide berühren, wenn sie ihre Hand ausstreckt. Sie tut es nicht. Sie könnte. Die nassen Äste der Silberweide glänzen im spärlichen Licht der Wintersonne. Ein Vogel fliegt an ihrem Fenster vorbei.

... was soll ich jetzt essen? Kochen? Ich will nicht kochen... ich habe keinen Hunger... mein Magen knurrt... Ich habe Hunger... Tee? Kaffee?... Tee trinken... Ich werde Tee trinken.

Sie öffnet die Türen des Küchenkastens. Die Anrichte, sie stammt aus dem 18. Jahrhundert, hat sie bei einem Altwarenhändler erstanden, liebevoll gebeizt und lackiert. Jedes Mal, wenn sie die Türen der Anrichte öffnet, denkt sie an all die Hände, die vor ihr diese Türen angefasst haben, denkt sie.
Sie nimmt die Packung Zigaretten heraus, zündet sich eine Zigarette an. Während sie Teewasser aufsetzt und die Teekanne vorbereitet, füllt sich ihr Hirn mit Nikotin, Teer und anderen Giftstoffen. Gift.

... fünf Uhr wird es. Wieder geht der Tag seinem Ende entgegen. Immer wieder. Immer. In allen Ecken der Welt verlassen Menschen ihre Büros, ihre Arbeitsplätze gegen Ende des Tages, um nach Hause, in die Arme ihrer Lieben zu laufen... laufen... ihre Kinder umarmen... Kinder... Babies...

Die Nachbarin über ihr ist auch schon zu Hause... so laut heute... ob sie Besuch hat...? Wer hat wohl den Geschirrspüler erfunden? „Ladyplus" Scheißname.

Sie hasste den Geschirrspüler. Es war wieder kalt geworden. Eine Mischung aus Schnee und Regen kam seit Tagen herab. Sie fühlte sich nicht wohl damit. Dieses unaufhörliche, herabkommende Etwas, das weder Regen noch Schnee war, machte sie unruhig. Nervte sie. Als die Teekanne zu pfeifen begann, schrie sie sie an: „Ich bin unschuldig! Ich bin unschuldig! Glaubst du, dass sich das gut anfühlt? Dieser Schmerz? Diese Leere?"

Sie nimmt den Wasserkessel vom Herd, gießt das kochende Wasser in die Teekanne.

... ich hasse diese Leere. Hass. Ich bin ausgetrocknet, von diesem ewigen Regen! Warum trocknen diese Scheißwolken nicht endlich aus? Warum scheint nicht die Sonne? Warum füllt sich die Leere in mir nicht?

Sie schüttet den frischen Tee ins Spülbecken und stellt die Kanne in den Geschirrspüler, bevor sie ihre Schuhe anzieht.

Versteckt unter dem Regenschirm geht sie zu ihrem Lieblingskonditor. „Lorenzo´s Place". An ihrem Stammtisch sitzt ein Liebespaar, das sich gegenseitig die Zungen in den Mund steckt, wie zwei Schnecken sehen die aus, denkt sie und dreht den Kopf zur Seite.

... Öffentlich ausgetauschte Zärtlichkeiten... was für eine Scheiße! Ich hasse Zärtlichkeiten...

Sie wischt sich die Träne, die unauffällig über ihre Wange rinnt, mit ihrem Ärmel vom Gesicht.
Mit der Zeitung setzt sie sich an den Tisch in der Ecke, bestellt einen Tee und blättert in der Zeitung herum. Ihre Gedanken sind wieder im Gestern.

„Jetzt schließen Sie die Augen und zählen bis zehn!", sagte die Ärztin in ihrem grünen Mantel und setzte sich den Mundschutz auf.
... eins... zwei... dreeeei... viiiiiiiiieeeeeeeer... fü...
Plötzlich brannte etwas in ihrem Hals, so als hätte sie hundertprozentigen Alkohol in den Hals injiziert bekommen.
Als sie zu sich kam, lag sie auf einer Pritsche im Aufwachzimmer. Auf der Pritsche neben ihr schlief eine Frau.
Sie realisierte, dass sie unter einer dünnen grünen Decke lag, dass ihr kalt war, dass sie Durst hatte, aber zu kraftlos war, um irgendetwas gegen diese Unbehaglichkeiten zu unternehmen. Eine Schwester ging von Patient zu Patient, fragte wie es geht, murmelte irgendetwas und ging weiter. Sie wollte ihr nicht sagen, wie es ihr geht. Bestimmt nicht.
... nicht mal weinen kann ich... ich sollte wieder schlafen... Scheiße, ich kann nicht mal weinen...
Sie schloss die Augen wieder, versuchte zu schlafen.

Bei dem Gedanken an gestern wird ihr schlecht. Sie schlürft an ihrem Tee, die Zigarette, die sie sich anzündet, brennt ihr im Hals.
... wie gestern... nicht ganz so wie gestern... wie gestern... Sie schluckt. War gestern real? War sie gestern wirklich dort? Was für ein Zufall, die Zeitung, in der sie blättert, ist von gestern.

... Verdammt! Muss das sein? Warum kann ich nicht die Zeitung von heute erwischen?
„Religionskonflikt in Nigeria", „Oma tötet Enkelkind" Sie faltet die Zeitung zusammen, legt sie zur Seite.

Es sind also noch Tausende andere unvergessliche Ereignisse gestern passiert. Und heute? Wie viele Menschen werden den heutigen Tag nicht vergessen? Wie viele Menschen sind gestern gestorben und wie viele heute? Wie viele Abtreibungen gab es gestern? Wie viele heute? Wie viele vor zehn Tagen?
Unzählige Menschen hatten sich gestern verliebt. Vielleicht. Sicher hatte sich gestern jemand den Finger gebrochen. Irgendwo. Und

es wurden Tausende Kinder gezeugt. Irgendwo. Kinder gezeugt...
Gewollt... ungewollt... ge... unge...!

Als ihr Busen anfing, größer zu werden, zog sie weitere Pullover an.
Niemand sollte es erfahren... Niemand erfuhr etwas. Sie musste
warten, bis sie in der siebten Woche war. Vorher ging es nicht. Es
ging nicht. Ihr Bauch wuchs nicht. Aus Angst, er könnte wachsen,
so wie ihr Busen, unterdrückte sie ihren Appetit. Der Busen ließ
sich nicht beeindrucken davon. Wie Ballone schwollen die Brüste
an. Der Bauch blieb, so wie er war.

Sie ruft den Kellner, bestellt ein Giabatta mit Brie und Rucola, ein
Tiramisu und noch einen Tee. Sie isst, wie wenn sie das nachholen
wollte, was sie sich verboten hatte. Dabei muss sie immer denken.
An gestern. Wie sie alleine hinging. Zur Klinik. Ohne Gott. Ohne
Untertan. Ohne sich.
Sie fühlte sich nicht. Sie sah nichts, hörte nichts, roch nichts. Sie
atmete. Wie eine aufgezogene Puppe betrat sie den Raum, beantwortete die Fragen, die ihr gestellt wurden, legte das Geld auf den Tisch
und folgte, als man ihren Namen rief. Sie bewegte sich vorwärts,
legte sich auf das Narkosebett und tat, was man von ihr verlangte.
Sie zählte... eins, zwei, drei, vier, fü...

Immer wieder sah sie sich zählen. Immer bis kurz vor fünf. Weiter
kam sie nicht.

Das seit Tagen andauernde Etwas hatte aufgehört zu fallen. Dunkelheit breitete sich aus. Sie bestellte eine zweite Portion Tiramisu.
Jetzt stopfte sie sie nicht in den Mund. Sie führte den Löffel sehr
langsam zum Mund und schloss ihn. Langsam zog sie den leeren
Löffel wieder aus ihrem Mund.
... Jetzt ist es vorbei... Jetzt kann ich essen, so viel ich will. Wie viel
ich will. Viel will ich. Mein Busen wird nicht wachsen...
Sie sah dem Liebespaar, das jetzt die Konditorei verließ, nach,
gönnerhaft, so als wollte sie ihnen ihren Segen geben. Sie lächelte.

... mir wird nicht mehr übel sein, wenn ich aufstehe. Langsam... langsam, aber bestimmt wird sich die Leere wieder füllen... Mit den Belanglosigkeiten des Lebens... Mit der Sonne, mit Schnee... Mit dem Geschmack des Frühlings, mit Zwiebelsuppe... Tiramisu... Ärger... Sie wird sich füllen.

Nach der zweiten Portion Tiramisu verließ sie „Lorenzo´s Place". Unterwegs merkte sie, dass sie ihren Schirm dort vergessen hatte. Sie lächelte.

Mein Amerika

Ich habe Fieber, ich habe Liebeskummerfieber, ich habe Angstfieber. Warum habe ich mir das nur angetan? Draußen schneit es. In drei Tagen ist Silvester. In zwei Stunden sollen wir im Flieger sitzen und ich habe Fieber: Liebeskummerfieber, Erkältungsfieber, Angstfieber, Abenteuerfieber und Amerikafieber. Diese Erkältung hätte nicht sein müssen, dann hätte ich ein Fieber weniger.

Wir sind drei junge Frauen, die anderen zwei hat nur das Amerikafieber gepackt. Wir wollen das Land der unmöglichen Möglichkeiten entdecken. Zumindest einen kleinen Teil davon. Uns stehen zehn Tage zur Verfügung.

In letzter Minute bringt mir ein Freund eine Flasche Wick Hustensirup. Ich möge alle zwei Stunden einen Löffel nehmen, empfiehlt er mir. Ich halte mich nicht an die Anweisung. Die Flasche ist in einer halben Stunde leer. Wodka hätte die gleiche Wirkung gehabt.

Im Auto, auf dem Weg zum Flughafen, rufe ich eine Freundin an und sage ihr, sie solle ihm sagen, dass ich ihn liebe und immer lieben werde, denn wer weiß, sage ich ihr noch, wir fliegen über das große Wasser, und wenn ich das nicht überleben sollte, möchte ich, dass er das weiß. Aber sag es ihm nur, wenn ich gestorben bin. Okay? Wenn ich nicht sterben sollte, behalt es für dich. Merk dir das. Sie schlägt vor, ich solle nicht so viel Blödsinn reden. Ich habe keine Lust, ihren Ratschlag anzunehmen. Und außerdem, betone ich, weiß ich ja nicht, ob ich nicht in einem Hochhaus lande. Eine wirkliche Landung wäre das wohl nicht. Also. Wer kann mir garantieren, dass in meinem Flieger keine Idioten sitzen, die lebensmüde sind und glauben, dass sie andere mit in den Tod nehmen müssen. Ich habe Angst. Ich bin noch nie so eine lange Strecke geflogen. Vor zwei Monaten sind die Idioten, auf die ich anspiele, in die Twin Tower des World Trade Center geflogen. Ich warte gespannt, ob ich ihnen nachfolgen werde.

Jeder Atemzug, den ich mache, tut in der Nase weh. Es ist, als ob ich tausende kleine Schwerter einatmen würde. Allerdings habe ich kein Erkältungsfieber mehr. Ich danke über den Wolken dem Freund, der mir die Medizin gebracht hat.

Jahre später wird mir jemand im europäischen Teil der Erde erzählen, nennen wir ihn Mr. Amerika, weil er zehn Jahre dort gelebt hat, dass er im World Trade Center als Barkeeper gearbeitet hat. Er wird mir erzählen, dass er Istanbul verlassen hat, um in New York zu studieren und zu arbeiten. Wenn er einige Minuten länger im Gebäude gewesen wäre, wäre auch er unter den Trümmern begraben worden, wird er sagen. Ich werde ihn fragen, was für ein Gefühl das war, als er sah, was passiert ist, und er wird antworten, dass er *fucking glad* war, dass er nicht länger gearbeitet hat. Er wird jeden Satz mit *fuck* oder *pissed off* beenden. Aber das weiß ich zu dem Zeitpunkt noch nicht, als ich hoffe, dass die Maschine auf dem vorgesehenen Flughafen landet.

Wir sind nicht in ein Hochhaus oder in einen Turm geflogen. Ganz wie geplant, erreichen wir den Flughafen. Der Flughafen von Miami ist der größte, den ich bis dahin gesehen habe. Es ist unmöglich, sich nicht zu verlaufen.

Der Skipper, der uns versprochen wurde, ist nicht zu sehen. Kein Schild mit unserem Namen, kein Willkommenskomitee. Wir werden ihn schon finden. Und wenn nicht, dann hüpfen wir in ein Taxi und fahren in ein Hotel. Okay, niemand von uns war jemals in Miami und wir sind absolut nicht vorbereitet, weil wir abgeholt werden sollten. Das hat der Freund der Freundin, dessen Yacht uns für die nächsten Tage zur Verfügung stehen wird, versprochen. Daher: kein Stadtplan, keine Adresse, kein Name, keine Telefonnummer von gar nichts und niemandem. Und in Österreich können wir jetzt auch nicht anrufen, denn als wir landen, ist es in dem Land, das wir verlassen haben, etwa drei Uhr früh. Das ist Abenteuer vom Feinsten, sage ich zu meinen Freundinnen.

Gefühlte zwei Stunden laufen wir den gesamten Flughafen ab. Irgendwo steht dann doch ein Mann mit einem Schild und hält unsere Namen in die Höhe. Wir sind erleichtert und folgen ihm.
Als wir den klimatisierten Flughafen verlassen, schlägt mir die Luftfeuchtigkeit ins Gesicht und befreit meine Atemwege. Zum ersten Mal seit vierzehn Stunden habe ich keine Schwerter mehr in der Nase. Ich beschließe, Amerika zu mögen. Amerika macht mich gesund.

Wir fahren direkt zur Yacht. Die Yacht ist ein Segelkatamaran mit zwei Rümpfen. „Sonst wäre es auch kein Katamaran", sagt der Skipper. „Das Wort Katamaran kommt übrigens aus dem Tamilischen und bedeutet Boot aus zusammengebundenen Baumstämmen", erklärt er uns. „Neujahr werden wir noch in Miami verbringen, in zwei Tagen legen wir ab, das sind die Pläne. Und? Habt ihr Hunger?" So gastfreundlich, stellen wir fest, sind die Amerikaner. Wir haben großen Hunger. Wir müssen nicht viel überlegen, als der Mann, dem wir die kommenden zehn Tage ausgeliefert sind, behauptet, dass wir nun im Land der guten Pizzas seien, besser sogar als in Italien. Eingebildet sind sie aber auch, sagt eine der Freundinnen. Wir müssen das natürlich ausprobieren und bestellen eine Pizza mit fast allem, was angeboten wird. Nach einer halben Stunde wird die Pizza auf die Yacht geliefert. Der Skipper hat recht, was die Pizza betrifft. Sie ist sehr gut. Vielleicht aber haben wir auch nur so großen Hunger, dass von der Pizza nicht einmal mehr Krümel über bleiben.

Jahre später wird mir Mr. Amerika erzählen, wie toll es dort war. Er wird davon schwärmen, wie man den Traum lebt, den man sich erträumt. „Sie nennen ihn den amerikanischen Weg", wird er mir sagen. „Du kannst alles werden." Aber erst Jahre später. „Ich bin mit nichts dort angekommen. Aber ich bin was geworden. Du kannst aber, wenn du dich nicht an die Regeln hältst, alles auch sehr schnell wieder verlieren!" Er wird sich nicht an die Regeln gehalten haben, wenn er mir das erzählt. Mr. Amerika wird mir noch so einige Geschichten erzählen, wovon ich nicht ahne, dass ich sie eines Tages hören werde, als ich mich in einer der vier Kabinen des Katamarans schlafen lege.

Ich stehe vor Tiffanys in New York wie Audrey Hepburn, habe ein rotes Kleid im Gegensatz zu ihrem schwarzen an und esse, genauso wie sie, ein Danish[19] und trinke Kaffee aus einem Pappbecher. Der Kaffee ist so heiß, dass ich mir die Hand verbrenne und den Pappbecher fallen lasse. Der Kaffeefleck am Boden wird immer größer und größer und entpuppt sich als ein schwarzes Loch. Das schwarze Loch wird immer tiefer und tiefer und ich muss rückwärts gehen, weil ich meinen Blick nicht von ihm abwenden kann. Als ich an einer Wand lehne und nicht mehr flüchten kann, schluckt mich das schwarze Loch. Ich schreie, während ich falle, und werde von meinem Schreien wach. Die Sonne scheint in Miami.

„Hello, how are you?", fragt mich die Kassierin am nächsten Tag im Supermarkt. Der Supermarkt ist so groß wie die Wiener Hauptuniversität, sage ich dem Skipper, der uns dahin gefahren hat, damit wir für die Reise einkaufen können, und er bekommt keine Luft mehr, weil er so viel lachen muss. Wir werden in zwei Tagen Richtung Bahamas ablegen. Ich bin noch nie gesegelt und habe jetzt auch noch Segelfieber. Das Interesse der Kassierin nach meinem Befinden überrascht mich, aber ich antworte, als braves Mädchen, wie es mir meine Mutter beigebracht hat mit: „Thank you, I am fine, how are you doing?" Sie aber würdigt meine Antwort überhaupt nicht mehr, zieht die Cornflakes-Packung, die drei Äpfel, die fettarme Milch und die Kaugummis über den Scanner, sieht mich teilnahmslos an und sagt in einem schwer verständlichen Englisch den Preis. Ich habe sie nicht verstanden, ich überlege, warum sie mich fragt, wie es mir geht und nicht auf meine Antwort eingeht. Ich denke, dass es unhöflich ist, jemanden zu fragen und nicht auf seine Antwort einzugehen und reiche ihr einen 50$-Schein, den sie in eine Maschine schiebt

[19] Plundergebäck

und dann in die Kassa legt. Sie gibt mir das Restgeld zurück. Ich beschließe, Amerika nicht zu mögen. Meinen Vorsatz vom Vortag habe ich vergessen.

Zekiyes Ankunft
Für R.S.

Zekiye umarmt ihren Jüngsten noch ein letztes Mal. Den Nachzügler, von dem sie erwartet, dass er einmal ein großer Arzt wird, damit kein anderes Kind so leidet, wie er als Baby gelitten hat. Sie hat nie ganz verstanden, was er hatte. Irgendetwas im Gehirn soll er gehabt haben, ihr Kleinster. Von fünf Kindern war er der Schwierigste. Der, der die meiste Aufmerksamkeit brauchte. Und jetzt verlässt sie ihn, damit sie ihm eine bessere Zukunft bieten kann. Das ist das, was sie sich immer wieder vorsagt, als sie sich in eine neue Welt aufmacht. „Ich hätte nicht gedacht, dass sie mich akzeptieren", wird sie Jahre später ihrer Nichte dritten Grades sagen.

Der Sammeltransporter bringt sie in die nächste Stadt, die sie vor etwa zehn Jahren kennen gelernt hatte, als sie ihren Jüngsten, den, den sie am liebsten hat, auch wenn sie das offiziell nie zugeben würde, ein ganzes Jahr im Krankenhaus betreuen musste. Nie wird sie zugeben, dass sie ihn am meisten liebt, auch dann nicht, wenn ihre vier älteren Kinder ihr das vorwerfen werden. „Wie kann ich einen von euch mehr lieben als den anderen? Welcher Finger tut anders weh, wenn man ihn abschneidet? Siehst du, ich habe euch alle gleich lieb!", wird sie antworten. Aber das wird gelogen sein, denn sie liebte ihn am meisten, ihren Rafet, ihren Jüngsten, weil er das Leben liebte.

Jetzt fuhr sie nach Jahren wieder in die Stadt, um von dort nach Istanbul zu reisen. Der Bus würde etwa fünfzehn Stunden von Kayseri nach Istanbul brauchen. Seit zwanzig Jahren hatte sie ihren Mann nur ein Mal alleine gelassen, und das war damals, als Rafet im Krankenhaus lag. Und jetzt, jetzt hatte der österreichische Chef sich für sie entschieden. Er hatte gesehen, dass Frauen am Feld besser arbeiten. Zumindest die Frauen aus Kayseri. Er hatte auch ein paar Männer angefordert, aber die waren nur für grobe Arbeiten zu gebrauchen, wie Traktor fahren und so weiter. Das konnten die Frauen auch problemlos. Sie waren außerdem schneller und belastbarer und muckten nicht auf. So wurde aus diesem Hof ein Hof der Frauen. Außer dem Chef und dem Sohn vom Chef gab es hier „nicht einmal eine männliche Fliege" sagten die Frauen, die meistens aus derselben Stadt kamen, abends, wenn sie müde im Bett lagen und Sehnsucht nach ihren Männern hatten. Sie taten das, was man ihnen sagte, wie treue Hunde verließen sie den Hof niemals. Auch nicht an Sonn- und Feiertagen, wenn sie frei hatten.

So wie ihr Schwager würde auch ihr Mann bei den Kindern bleiben. Der Schwager brachte sie bis nach Istanbul und von dort aus würde sie dann mit dem Zug drei Tage und drei Nächte weiterfahren, was sie aber noch nicht wusste.

Nach etwa sechzehn Stunden erreichten sie Istanbul. Zekiye hatte außer ihrem Ausweis und der Einladung nichts bei sich. Wenn es nicht klappt, hätte ich alles umsonst mitgeschleppt. Sie würde, wenn alles erledigt war, nach Hause fahren, dachte sie, sich gebührend von ihren Kindern verabschieden und ihnen noch ein paar Gläser Rosen- und Aprikosenmarmelade einkochen. Fisolen, Gurken, Tomaten, Kohl und Auberginen einlegen, Auberginen und Paprika trocknen. Ihrem Mann erklären, wie er ohne sie über die Runden kommen würde, ihre Nachbarin bitten, die Wäsche für ihre Familie zu waschen und ihr dafür im Voraus eine beträchtliche Summe bezahlen und sich noch ein paar schöne Röcke nähen, aber das alles erst, wenn sie die Untersuchungen bestanden hätte. Denn das war nicht einfach, hatte sie von ihrer Schwägerin gehört. Wenn sie auch nur einen faulen Zahn fänden, würde sie die Gesundheitsuntersuchung nicht bestehen.
Und das alles würde sie durchmachen, weil ihre Schwägerin, die seit drei Jahren schon in Wien arbeitete, in ihrem Brief mitgeteilt hatte, dass ihr Chef Arbeiterinnen brauchte und dass sie ihm Zekiye empfohlen hatte. Es sei eine sichere Sache, sie würde bestimmt

durchgelassen durch die Kontrollen der türkischen Behörden und durch die der Österreicher. Denn mit der Einladung, die sie von ihrem Chef bekäme, würde sogar eine 45-Jährige problemlos einreisen können, in das Paradies. Aber nichts in der Welt sei umsonst, bei aller Liebe, sie hätte gerne den hinteren Garten, wenn Zekiyes Mann also den Garten auf ihren Namen umschreiben lassen würde, würde Perihan dafür sorgen, dass Zekiye bei ihr arbeiten dürfe.

Zekiye und ihr Mann lagen Nächte lang wach. Was, wenn sie die Arbeit nicht durchhalten würde? Was, wenn sie nach kurzer Zeit zurück wollte! Das war schon anderen Frauen passiert, die die Fremde und die Sehnsucht nicht aushielten und nach zwei, drei Monaten heim kamen, mit nichts in der Hand. Sie hatten, im Gegenteil, viel mehr verloren als gewonnen. Aber Perihan schaffte es. Man konnte zusehen, wie Haydars und Perihans Reichtum wuchs, wie gedüngte Gemüsebeete nämlich. Aber was war, wenn sie es nicht schaffen sollte? Jedes Jahr im Winter wurde Perihan mit den anderen Arbeiterinnen für drei Monate nach Hause geschickt, und jedes Jahr, wenn sie nach neun Monaten Abwesenheit wieder ins Dorf kam, war das Erste, was sie tat, in die Stadt zu gehen und sich ein paar goldene Armreifen zuzulegen, während Zekiye all ihren Schmuck, und das war nicht viel, Stück für Stück verkaufen musste. Denn seit Zekiyes Sohn vor zehn Jahren schwer erkrankt war, wuchs Perihans Schatz an dicken, dünnen, gedrehten und einfachen Armreifen jährlich an, während Zekiye ihre Armreifen für die Krankenhausrechnungen Stück für Stück gegen Bares eintauschte. So hatten Zekiye und ihr Mann entschieden, den Garten, der bei der Aufteilung der Besitztümer an Zekiyes Mann übergegangen war, herzugeben, damit Perihan die Einladung schickte. Zekiye hatte versichert, dass sie die Sehnsucht ertragen würde und dass die Fremde ihr nichts anhaben könnte, wenn sie an das Wohl ihrer Kinder dachte. Und an die Armreifen, die sie sich später wieder zulegen wollte, aber das sagte sie nicht. Und so kam es auch. Perihan schickte die Einladung und Zekiye machte sich auf den Weg in die Fremde.

Es war früher Abend, als der Zug hielt. Drei Tage und drei Nächte waren sie unterwegs gewesen. Zekiye hatte nicht gewusst, wie lange die Reise dauern würde, also hatte sie weder etwas zum Essen noch etwas zum Trinken mitgenommen und staunte nicht schlecht, als die Frauen gegen Abend des ersten Tages ihre hausgemachten Böreks[20], gefüllten Weinblätter, Köftes[21] und Turşus[22], Käse und Brote auspackten. Sie sah aus dem Bus, ihr Magen knurrte so laut, dass sie sich schämte. Ihr war zum Heulen zumute. Auch dafür schämte sie sich. Zuletzt hatte sie vor Freude geweint, als ihr Kind das Krankenhaus verlassen konnte. Weinen war etwas für kleine Mädchen. Ihre Sitznachbarin, eine Frau aus Samsun, reichte ihr wortlos ein Stück Maisbrot, das sie kommentarlos annahm. Ich habe auch was zum Trinken da, sagte die Frau, wenn du Durst hast. Das wird uns schon reichen.

Ich habe nicht gewusst, dass die Reise so lange dauern wird, antwortete Zekiye.

Ich weiß. Das weiß man beim ersten Mal nicht. Wo wirst du denn arbeiten?

Bei meiner Schwägerin. Also, dort wo sie arbeitet. Am Feld. Sie machen auf Gemüse. Gurken, Paprika, Kohl und so. Und du? Wo wirst du arbeiten?

Ich arbeite in einer Fabrik. Ich bin Näherin.

Du arbeitest?

Ja, ich war in der Türkei, um meine Familie zu besuchen. Todesfall.

Mein Beileid. In Frieden soll dein Verstorbener ruhen.

Wir sollten ein wenig schlafen.

---

[20] mit Faschiertem, Spinat, Kartoffeln oder Käse gefüllter Blätterteig
[21] Fleischbällchen
[22] eingelegtes Gemüse (gelesen: Turschu)

Wie lange dauert es noch?

Noch zwei Tage. Aber es vergeht schneller, als du dir vorstellen kannst. Mach dir keine Sorgen, du wirst sehen, bald sind wir da.

Weißt du, ich habe nicht …, und da konnte sie nicht mehr an sich halten und die ersten Tränen flossen schon über ihr Gesicht, … ich habe mich von meinen Kindern nicht verabschieden können. Mir hat man nicht gesagt, dass wir direkt weiterfahren werden. Ich dachte, wir kommen nach Istanbul und erledigen erst den Papierkram und dann…

Ach meine Hübsche, das ist beim ersten Mal immer so… Schlaf ein wenig. Ruh dich schon mal im Voraus aus, du wirst in Zukunft hart arbeiten. Ich weiß von Bekannten, dass deine Arbeit schwieriger ist als meine…

Feldarbeit ist nicht so schwer, wie alle glauben. Ich arbeite seit meinem fünften Lebensjahr auf dem Feld.

Glaube mir, es ist eine andere Feldarbeit. Es ist ein Unterschied, ob du auf deinem eigenen Feld arbeitest oder auf dem Feld von Fremden.

Die Tage waren wirklich schnell vergangen. Und dann fuhr der Zug in den Bahnhof und bis auf Zekiye stiegen alle aus. Da sie ihre Schwägerin unter den Wartenden nicht ausmachen konnte, blieb sie einfach im Zug sitzen. Die anderen wurden abgeholt, umarmt, mit Handschütteln begrüßt, aber sie wurde von niemandem erwartet. Nach und nach wurde es leerer im Wagon und sie saß noch immer wie angeklebt auf ihrem Sitz. Gerade als sie sich zu fragen begann, warum sie hier war und warum ihre reiche Schwägerin nicht da war und ob sie vielleicht woanders wartete, kam ein Mann in den Wagon. „Tsekiye Demia", fragte er sie. Zwar wusste sie, auch wenn er ihren Namen nicht falscher hätte aussprechen können, dass sie gemeint war, aber sie antwortete ihm nicht, da sie keinen

Mann erwartete, sondern ihre Schwägerin. Ihr war zum Heulen zumute. Seit Tagen war ihr zum Heulen zumute, aber sie hatte nur am ersten Abend ihrer Reise bei der Frau aus Samsun geheult und sich vorgenommen, nicht zu weinen. Nie! In dieser Fremde würde sie nicht weinen! Das hatte sie sich fest vorgenommen, aber es war nichts zu machen. Sie konnte es nicht verhindern. Die erste Träne rollte über ihre Wange. Der Mann hielt ihr einen Brief unter die Nase und fragte sie noch einmal: „Tsekiye Demia?" Sie nickte und dachte an ihre Kinder. An ihre Kinder und an die Armreifen. Sobald sie genickt hatte, nahm der fremde Mann ihre Handtasche, die sie von ihrer Nichte in Istanbul bekommen hatte, und ging vor. Sie folgte ihm.

Als sie bei seinem Auto ankamen, öffnete er ihr die Tür auf der Beifahrerseite. Sie schüttelte heftig den Kopf und setzte sich hinten ins Auto. Das fehlte noch! Es reichte schon, dass sie mit einem fremden Mann mitging und in sein Auto einstieg. Sich auch noch neben ihn zu setzen, kam gar nicht in Frage. Was sollten die Leute von ihr denken? In Wien waren schon so viele Bekannte, was würden die sagen, wenn sie sie neben dem Mann vorne auf dem Beifahrersitz sähen?

Mein Gott, mach dass er mich nicht vergewaltigt. Mein Gott, mach dass er mich zu meiner Schwägerin bringt. Mein Gott, mach dass er mich nicht umbringt!

Ihre Gebete wurden erhört. Nach einer halben Stunde fuhr der Mann in einen Hof und hielt das Auto an. Die Luft roch nach Erde und Dung. Ein großes Haus stand mitten in dem großen Hof. Auf der rechten Seite vom Haus konnte sie ein paar kleine Hütten ausmachen. Der Mann ging auf die Hütten zu, sie folgte ihm wie ein Entenküken der Entenmama.

Bevor sie die Hütten erreichen konnten, ging eine Tür auf und ihre Schwägerin kam auf sie zugelaufen. Zekiye, schrie sie, wie bin ich froh, dass du heil bei uns angekommen bist.

Sie umarmten sich. Andere Frauen stürmten aus der Hütte. Alle begrüßten sie mit einer Umarmung und Küsschen links und Küsschen rechts.

Die Arbeit war tatsächlich schwieriger, als sie angenommen hatte. Es war Akkordarbeit. Sie mussten am Tag so und so viele Gurken einsammeln. Wenn sie dies nicht schafften, war der Chef verärgert, hatte man ihr gesagt, aber es kam nicht vor, dass sie es nicht schafften. Jeden Tag wurden sie um 5 Uhr früh geweckt und sie begannen nach einem kleinen Frühstück, das von der Bäuerin im Haupthaus bereitgestellt wurde, mit der Arbeit. Es war für Zekiye nicht einfach, das angebotene Frühstück als solches zu genießen. Keine Oliven, keine eingelegten, in Zwiebeln und Tomatensauce angerösteten Fisolen, kein gerösteter Topfen, keine Tomaten, keine Gurken, obwohl sie haufenweise davon anbauten. Ein paar Scheiben Käse, ein paar Scheiben Salami und an manchen Tagen etwas, das sie Marmelade nannten, aber nichts mit ihren selbst gemachten Marmeladen zu tun hatte. Nachdem sie am ersten Tag nichts von dem komischen Käse hinunter bekommen hatte, die Salami war sowieso nur für nicht moslemische Frauen, hatte sie vor lauter Hunger kaum gewusst, wie sie den Vormittag bei der Arbeit durchhalten sollte. Als es dann Mittag wurde und eine Art Eintopf serviert wurde, hatte sie zwei Portionen gegessen und sich vorgenommen, das Frühstück am nächsten Tag nicht auszulassen. Sie hatte es geschafft, und mit jedem Tag ging es einfacher. Sie aß jeden Tag von dem merkwürdigen schwarzen Brot eine Scheibe, strich, wie sie es bei den anderen Frauen sah, Butter auf das Brot und legte eine Scheibe von dem komischen gelben Käse darauf und zwang sich, es nicht wieder hoch zu würgen. Irgendwann, zwei Monate später nahm sie dann eine von den Tomaten, die sie am Vortag gepflückt hatten, mit zum Frühstück. Dann brachte sie sich eine Gurke mit, ein andermal einen Paprika. Die Chefin, die das gesehen hatte, stellte eine Woche später reichlich Gemüse auf den Frühstückstisch, was bei den anderen Frauen auch sehr ankam.

Die Chefin war für das Essen im Allgemeinen zuständig. Meistens gab es irgendwelchen Eintopf. Bohneneintopf, Kartoffeleintopf, Gemüseeintopf, diverseste Strudel und manchmal sogar Krautrouladen mit Fleisch, die zwar anders waren als ihre, aber doch relativ gut schmeckten. Trotz allem vermisste sie das Selberkochen. Eines Tages stand sie um vier Uhr auf und war, bevor das Frühstück fertig war, in der Küche, um ihrer Chefin zu helfen. Da sie noch immer kein Deutsch sprach, nahm sie ihrer Chefin die Paprika aus der Hand und lächelte sie an. Die Chefin nickte. Nachdem sie Paprika in Scheiben geschnitten hatte, sah sie ihre Chefin an, sagte ihr „tava" und zeichnete einen Kreis mit Stiel in die Luft. Die Chefin verstand sofort, dass sie eine Pfanne suchte, gab ihr eine große Pfanne und machte die große Flamme auf dem Gasherd an. „Yag", sagte Zekiye und tat so, als ob sie Öl in die Pfanne goss. „Ja", sagte die Chefin, „Öl." Eine komische Sprache war dieses Deutsch. Sie sagten „Stirb" und meinten Öl. Sie sagten Öl in ihrer Sprache und meinten ja. Es war wirklich eine komische Sprache. Sie sagten „Was geht es mich an?" und meinten die gelbe Frucht, Banane. Banane hieß doch „Was geht es mich an?" Komisch. Äußerst komisch. Aber es war auch nicht so schwer. Zu Domates sagten sie Tomate, zu Fasulye sagten sie Fisole. Bei Biber war es etwas schwieriger, das nannten sie Paprika, aber es war doch nicht ganz fremd. Nur mit „Hıyar" war es schwieriger. Aber das war ja auch im Türkischen so ein Fall für sich. Viele nannten dies auch Salatalık und nicht Hıyar, wie es in ihrem Dorf genannt wurde. Das nannten sie Gurke. Aber all das hatte Zekiye schnell gelernt.

Sechs Monate nach ihrer Ankunft war es für sie kein Problem mehr zu kommunizieren. Sie hatte sich daran gewöhnt und das Essen war auch nicht mehr so schlimm. Sie hatte ihrer Chefin einiges beigebracht und von ihr einiges gelernt. Was sie nicht verstand war, dass die Frauen vor ihr nicht auf die Idee gekommen waren, der Chefin ein paar Rezepte zu zeigen. Aber das war nicht mehr ihr Problem. Sie hatte sich eingelebt. Sie fühlte sich wohl, vor allem, wenn jeden Monat der Chef mit dem Lohn kam. Jeden Monat rechnete sie nach und sah sich schon in der Stadt Armreifen kaufen.

Zwei Wochen vor dem langen Urlaub fuhr der Chef mit ihnen in ein Einkaufszentrum. Die Frauen erklärten ihr, dass sie das jedes Jahr täten. Sie kauften ihren Familien Geschenke. Kiloweise Schokolade, Kleidung für die Kinder und sich selbst, um sich dann wieder drei Tage und drei Nächte auf den Weg in die Heimat zu machen.

Diesmal würde sie ihre Tochter mitnehmen. Sie hatte mit ihrem Chef gesprochen und er hatte ihr auch für ihre siebzehnjährige Tochter eine Einladung mitgegeben. Ihrer Schwägerin würde sie, wie ausgemacht, im Urlaub den Garten überschreiben und dafür mit dem Ersparten ein neues Grundstück, einen Fernseher für ihren Sohn und einen neuen Anzug für ihren Mann kaufen. Für ihren Sohn hatte sie in Wien eine Schultasche, wie sie die anderen Kinder der Auslandsarbeiterinnen hatten, besorgt, dazu viele Buntstifte, Bleistiftspitzer und dutzende Hefte in verschiedensten Größen, über die er sich bestimmt sehr freuen würde. Außerdem würde sie sich, war sie erst zu Hause, zwei Armreifen zulegen. Das Geld dafür hatte sie sich extra aufgespart. So würde sie es machen. Und diesmal würde sie auf dem Weg nicht Hunger leiden. Wie all die anderen Frauen hatte sie sich von dem komischen Käse und dem schwarzen Brot und einige Flaschen Wasser mit Gas gekauft. Dieses Getränk, das sie zuvor noch nie getrunken hatte, hatte es ihr angetan. Nach anfänglichen Schwierigkeiten hatte sie sich daran gewöhnt und es schmeckte ihr sogar ganz gut. Vor allem, wenn sie Zitronensaft hineingab.

One-Night-Stand

Was bei einem „One-Night-Stand" interessant ist, ist der Name.
Eine-Nacht-Stand. Also, er steht für dich eine Nacht.

Ich bin völlig fertig von der Arbeit. Trotzdem gehe ich zu dem Treffen. Absagen geht nicht. Ausgemacht ist ausgemacht. Es ist leicht, etwas abzusagen, keine Frage. Die Herausforderung liegt darin, ein Versprechen zu halten, das gemacht wurde, als es einem gut ging, und als das Treffen vereinbart wurde, ging es mir wunderbar! Natürlich konnte ich nicht wissen, wie anstrengend der heutige Tag werden würde, vollgepackt mit Herausforderungen, und die letzte ist nun, hier zu erscheinen. Und hier bin ich.

Ich hasse Unpünktlichkeit. Meine Kollegen sind wieder einmal nicht im Stande, zur ausgemachten Zeit anwesend zu sein. Aber sie ist hier. „Ich komme gleich zu dir", hat sie gesagt, als sie mich sah. Das will ich hoffen. Warum sitzt sie überhaupt da bei dieser Gruppe Frauen? Dann werde ich mal die Zeit mit Zeitung lesen tot schlagen.

Ich liebe es, wenn es herbstelt und die Bäume langsam kahl werden. Vor allem die Linden im Garten des Rüdigerhofs mitten im Herzen von Wien, die ihre trockenen Blüten und Blätter auf den Boden werfen wie eine Diva ihr Cape. Das Geräusch der Blätter, wenn der Kellner im Gastgarten zwischen den Tischen herumgeht oder wenn Gäste kommen und gehen, erinnert mich an die seltenen Spaziergänge meiner Kindheit im Wald. „Ich werde euch bald verlassen und zur nächsten Sitzung gehen", sage ich zu meinen Freundinnen.

Es wurde auch Zeit. Endlich kommen die anderen. Als alle da sind, beehrt auch sie uns mit ihrer Anwesenheit. Heute sieht sie besonders aufreizend aus. Wir müssen die Demo am kommenden Samstag besprechen. Es fällt mir schwer, mich wirklich der Sache zu widmen. Die Kette, die sie am Hals trägt, raubt mir noch den Verstand. Diese Kette, eine geschmiedete Blume, mit roten Steinen besetzt, landet genau dort, wo ich mit meiner Zunge hin will. Ich will sie. Jetzt sofort. Vor den Augen der anderen. Hier. Auf dem Tisch. Von dort aus will ich mich auf den Weg machen, um den Rest ihres Körpers zu erkunden. Ich muss mich konzentrieren.

Beatrix reicht Christina, die am Tisch Nummer acht sitzt, noch ein Taschentuch. „Ich hätte nicht gedacht, dass mir das passiert", sagt Christina und schnäuzt sich in das neue Taschentuch. „Verstehst du, wenn dir das passiert, verstehe ich das, aber dass mir so was passiert, damit hätte ich nie gerechnet. Nie im Leben. Er ist doch so ein guter Mann. Wie konnte es nur so weit kommen?" Beatrix trinkt von ihrem Bier und sagt: „So ist nun mal die Welt." Ihr Trostversuch erleichtert Christina keineswegs. „Ich muss es ihm sagen", sagt sie. „Ich muss es ihm sagen, und dann wird es aus sein. Was habe ich nur getan?"

Das ist ja die Höhe! „Hallo! Hier sind meine Augen!", möchte ich ihn am liebsten anschreien. Aber ich schaue ihn nur vorwurfsvoll an und hoffe, dass er meine Blicke spürt. So kann ich mich nicht konzentrieren. Das ist ja anstrengend und ärgerlich. Wenn er nicht sofort den Kopf hebt, werde ich ausholen und ihm meine flache Hand ins Gesicht klatschen. Und das mit einer Wucht, dass er vom Sessel fällt. Wie würden die anderen schauen, wenn ich das täte? Mit einem Knall sollte ich ihm eine kleben! Ja, das sollte ich. Aber was tue ich? Ich mache gar nichts.

Ist das heute mein Glückstag oder was? Kaum haben wir unsere Parolen verfasst, brechen alle auf. Alle haben etwas zu tun! Na so was? Oder wollen sie uns alleine lassen? Was auch immer. Wir bleiben alleine, weil Madame noch ihr Bier austrinken möchte. Na also. Wer sagt denn, dass Alkohol was Schlechtes ist. Dann werde ich auch noch ein Bier trinken.

In einem kleinen Dörfchen im Burgenland geht, wie jeden Tag, Andrea zu den Kühen, um die Melkmaschine einzuschalten. Als sie in den Stall kommt, hört sie ihren Mann keuchen, kann ihn aber nicht gleich ausmachen. Also geht sie auf Zehenspitzen in die Richtung, aus dem das Keuchen kommt, und sieht, wie ihr Mann gerade mit einem Schwein kopuliert.

Langsam wird es kühl. Was hilft gegen die Kälte? Die Russen wissen es. Wir wissen es auch. Alkohol! Also bestelle ich mir zum Bier einen Schnaps. Auch er bestellt sich einen Schnaps, damit ich nicht alleine trinken muss. Ich würde zwar gern alleine trinken, den Stress des Tages mit einem Schnaps hinunterspülen und die letzten Minuten vor dem Nachhause gehen alleine genießen, aber ich kann ihn nicht wegschicken. Das wäre unhöflich. Ich kann mir schon vorstellen, warum der Herr Kollege mir Gesellschaft leisten will. Aber falls er an das denken sollte, was ich glaube, dass er denkt, hat er sich geschnitten. Aus mir ist heute nichts zu holen. Wir wissen alle, dass er das gewisse Etwas sucht. Der Schnaps wärmt und die herbstliche Kälte ist weniger spürbar.

Hätte ich gewusst, dass sie nach einem Schnaps so herzlich lachen würde, hätte ich ihn schon während der Besprechung bestellt.
„So lustig das auch ist, was du erzählst", sagt sie, „ich muss bald gehen. Ich habe morgen wieder einen sehr langen Arbeitstag vor mir." Aber sie bleibt, denn ich habe vorhin, als ich auf der Toilette war, die nächste Runde bestellt. „Das wäre zu schade", sage ich, „wenn wir den nicht trinken würden." „Ja, du hast recht", antwortet sie, als ob sie darauf gewartet hätte und lacht betörend. Ich werde jetzt ihre Hand nehmen und ihr sagen, wie schön sie lacht und wie schön sie ist, auch wenn es nicht sehr einfallsreich ist und ich mich wie ein mittelmäßiger Romeo anhören werde.

Zwei Straßen weiter, im Wohnzimmer eines herabgekommenen Hauses, im dritten Stock sitzt eine Gruppe von sechs Frauen aus der Türkei und Hanife ruft in die Küche: „Selma, komm jetzt! Wir haben genug zum Essen hier. Komm, setz dich zu uns." Selma, die zwei Tage vorher ihren Mann, ihren Cousin und eine Tschechin in ihrem Ehebett erwischt hat, kommt mit einer neuen Schüssel Chips aus der Küche. „So ein Hurensohn", sagt sie, „als ob es nicht genügt, dass er mich mit einer Frau betrügt, ist auch noch mein Cousin dabei gewesen! Ich werde dieses Bild nie wieder aus meinem Gehirn löschen können. Mein Cousin hatte seinen Schwanz in der tschechischen Schlampe und mein Mann hatte seinen Schwanz im Arsch von meinem Cousin! Möge ihm der Schwanz abfallen, dem ungläubigen Teufelssohn! Mein eigen Fleisch und Blut! Und das Ganze in meinem Ehebett! Wie soll ich je wieder in diese Wohnung zurückkehren?"

Affären sind kurze Abenteuer. Affären sind kurze Abenteuer. Wann hatte ich denn mein letztes Abenteuer? Ich erinnere mich nicht. Ich ziehe meine Hand nicht weg. Ich sollte meine Hand wegziehen, aufstehen und gehen. Was hat er gerade erzählt? Ich glaube, ich bin betrunken. Nein, ich bin nicht betrunken. Noch nicht. Wenn wir so weitermachen, werde ich bestimmt bald betrunken sein. Aber ich mache nicht so weiter. Nach diesem Glas gehe ich. Jawohl!

Sie zieht ihre Hand nicht weg. Das ist gut. Ich lutsche an ihrem Finger und sie zieht ihre Hand noch immer nicht weg. Wo ist die kampflustige Kollegin?

Was sagt er? Ich bin schön? Was für eine Neuigkeit! Das weiß ich auch. Wo soll das hin führen? Seine Komplimente sind so was von zweitklassig! Gibt es ein Handbuch für „Wie mache ich eine Frau an?", das alle Männer gelesen haben? Ach, was soll´s? „Herr Ober, noch zwei Marillenschnäpse, bitte."

Als wir den Garten des Cafés verlassen, bin ich ziemlich angetrunken. Sie muss mich stützen. „Sollen wir zu dir gehen?", habe ich sie gefragt. Sie wollte weder zu mir noch zu sich nach Hause, also beschlossen wir, in ein Hotel zu gehen. Ich schlage ein berühmtes Wiener Stundenhotel im ersten Bezirk vor. Sie ist einverstanden.

"Weißt du, je älter ich werde, desto sexbesessener werde ich." In einem ägyptischen Restaurant im neunten Wiener Gemeindebezirk sitzen Alexandra und Sabine und essen Couscous mit den Fingern. "Wie es sich gehört", sagt der Kellner. "In dieser Ecke gibt es kein Besteck. Hier sind ihre Finger gefragt." "Ich glaube, die Sache mit der Liebe ist so", sagt Sabine, "wenn du guten Sex hast, dann verliebst du dich auch in den Mann. Glaube mir, ich weiß, wovon ich spreche. Ich habe mich bis jetzt immer nur in die Männer verliebt, die gut im Bett waren. Und alles andere waren erfolglose Experimente." Der Kellner kommt mit einer neuen Flasche Wein.

Zwar kann er sich kaum noch auf den Beinen halten, aber ich bin einverstanden mitzukommen in das berühmte Hotel Orient. Ich will wissen, ob es wirklich so ist, wie in der Dokumentation, die ich im Fernsehen gesehen habe.

Ich hielt sie immer für eine emanzipierte Frau, die sich keiner Tat schämt. Als sie die Sonnenbrillen aufsetzt, sehe ich, dass dem nicht so ist und sie nicht so cool ist, wie sie sich gibt. Es ist zwei Uhr früh, als wir in das Taxi steigen und sie ihre schwarzen Gucci Sonnenbrillen aufsetzt.

In dieser Minute streitet in der Castellezgasse im zweiten Wiener Gemeindebezirk gerade Magdalena mit Jakob, der ihr erklärt, dass er am Wochenende, als sie ihre Eltern in Ungarn besuchte, einen Ausrutscher hatte – das ist seine Definition von der heißen Nacht mit der Kellnerin von der Pizzeria – und dass es ihm leid tut. Er möchte, dass sie ihm verzeiht. Anstatt ihm zu verzeihen, wirft Magdalena aber ein Kleidungsstück nach dem anderen aus dem Fenster.

Als ob es nicht genug andere Taxis gäbe, ist der Fahrer des Taxis, das anhält, ein Bekannter von ihm und sie begrüßen sich herzlich. Der Typ sagt nichts mehr, als er die Adresse hört, aber er sieht bei jeder Gelegenheit in den Rückspiegel, um zu erkennen, wen sein Freund da wohl abgeschleppt hat.

Wenn wir uns nicht küssen, sieht sie aus dem Fenster. Die Sonnenbrillen hat sie noch immer nicht abgelegt.

Es ist aufregend, in ein Hotel zu fahren. Ich war noch nie in meinem Leben in einem Hotel für eine Nacht. Auf Englisch sage ich zu ihm, dass ich noch nie für eine Nacht in einem Hotel gewesen bin. Er sagt, das würde für ihn auch gelten. Aber das glaube ich ihm nicht.

Als wir vor dem Hotel ankommen, ist der Anflug der Verruchtheit aus ihrem Gesicht verschwunden. Sie hat die Sonnenbrillen noch immer nicht abgelegt und sieht sich um, als ob sie eine Bank ausrauben wollte. Ich läute an der Tür. „Wir sind wohl wie Maria und Joseph", sagt sie. „Obdachlos."

Was ist Liebe, fragt Emil in die Runde. Ist es Liebe, wenn man für eine Frau seine Familie, seine Freunde und seine Hobbys aufgibt, oder wenn sie eine Kanone im Bett ist? Oder ist es vielleicht Liebe, wenn sie dich so akzeptiert, wie du bist. Mit deinem Fußball, deinen saufenden Kumpels oder dass du nicht nur mit ihr schlafen kannst. Also, wenn eine Frau kapiert, dass ein Mann nicht nur mit einer Frau Sex haben kann, sondern mehrere Frauen braucht. Bedeutet das, dass sie dich wirklich liebt? Oder ist sie einfach nur dumm? Genau, Alter, ein Mann braucht mehrere Frauen, und am besten alle auf einmal, sagt Christian in die Runde und alle brüllen, während Christian den Joint weiterreicht.

Ich hätte nicht gedacht, dass es so schwierig ist, in einem Stundenhotel Einlass zu bekommen. Eine blonde, etwa fünfzigjährige, rot gekleidete „Dame" öffnet die Tür, Minuten, nachdem er geläutet hat. Den größten Teil meines Gewissens habe ich zwar unterwegs und mit dem Alkohol verloren, aber ein kleiner Teil ist noch in mir und fragt mich jetzt umso vehementer nach der Richtigkeit meiner Handlung. Richtig oder nicht, jetzt bin ich hier und schlage mein Gewissen mit dem Handrücken in den Wind.

Bitte schön, wenn es sein muss, werden wir um diese Zeit Kaffee bestellen. Sie will Kaffee trinken. Ich soll auch einen Kaffee trinken. Das Problem ist, dass es in diesem Hotel um diese Zeit keinen mehr gibt. Vielleicht gibt es auch zu einer anderen Zeit keinen. Also bestelle ich noch eine Flasche Wodka. „Ich will ein Zimmer mit vielen Spiegeln", sage ich der Dame im roten Kostüm, und meine Dame sieht mich hinter ihren Brillen fragend an.

Keine Ahnung, was er sich von einem Zimmer mit vielen Spiegeln verspricht, aber er fragt nach so einem. Die Frau, die die Tür öffnete, fragt, wie viele Stunden wir zu brauchen gedenken und er sieht mich erwartungsvoll an. „Bis in der Früh!", antworte ich. Sehe ich so aus, als ob ich eine Frau für Stunden wäre. Ich will hier schlafen. Immerhin will ich auch schlafen, nachdem wir es hinter uns gebracht haben.

Das Zimmer hat nicht so viele Spiegel, ist kleiner als ich es mir erwartet hatte, und das Bad ist fast so groß wie das Zimmer. Aber gut! Dann machen wir das Beste daraus. Ich lasse Wasser in die große, schwarze Badewanne laufen und lege mich hinein.

Als in der Nacht davor Julian seinen Abschiedsbrief verfasst, ahnt niemand, wie es um ihn bestellt ist. Nicht einmal die Person, für die er sein Leben aufgeben will. Er braucht nicht viele Worte. „Lieber Sebastian, ich liebte dich von der ersten Sekunde an, als du in unsere Klasse kamst. Ich kann nicht ohne dich leben. Dein Julian." Als Julians Mutter ihren Sohn mit dem Brief in der Hand findet, ist Julian in einen tiefen Schlaf versunken. Die Tablettendosen liegen neben ihm. Erst als sie auf die Rettung wartet, liest sie den Brief und weiß nicht, weswegen sie trauriger sein soll. Einen schwulen Sohn hatte sie sich nicht gewünscht.

Er ist nicht der romantischste Mann, der mir begegnet ist. Er lässt die große, schwarze Wanne volllaufen und legt sich hinein. Ich möge doch auch kommen. „Ja", sage ich, „ich komme gleich", und hoffe, dass dem wirklich so ist. Ich hatte seit Monaten keinen Sex. Er hat die Wodkaflasche mitgenommen. Ich möchte nichts mehr trinken.

Ich werde die Frauen nie verstehen. Als ich sie küssen will, sagt sie, ich möge noch warten. Worauf soll ich bitte warten? Sie möchte sich entspannen. Ich bin total entspannt, aber ich lasse sie. Im Taxi hatte sie nichts dagegen, als ich sie küsste.

Vielleicht weil ich im Taxi noch betrunken genug war, hatte ich ihn geküsst. Aber jetzt in der Badewanne kommen mir seine Küsse dilettantisch vor und sein Atem riecht nach einem mit Alkohol und Nikotin getränktem Schwamm. Ich schlage vor, ins Bett zu gehen.

Ich glaube, sie kann es kaum erwarten. Sie steht auf, steigt aus der Wanne und ich folge ihr. Im Bett will ich, dass sie mich verführt und verwöhnt. Mich von oben bis unten küsst, aber sie ziert sich und ist arrogant. Sie würde das bestimmt nicht tun. „Also wirklich!", sagt sie, als ich ihren Kopf nach unten schieben will. Als ob ich von ihr verlangen würde, aus dem Fenster zu springen.

Endlich im Bett. Hoffentlich komme ich bald. Ich möchte einfach meinen Orgasmus und dann will ich noch ein paar Stunden schlafen. Ich habe ausgerechnet, wenn der Sex eine halbe Stunde dauert, und länger kann er in seinem Zustand bestimmt nicht, habe ich noch dreieinhalb Stunden Zeit zum Schlafen. Es ist mittlerweile vier Uhr morgens und wenn ich bis acht Uhr schlafe, wird es reichen, um den Arbeitstag zu meistern. Was er alles von mir erwartet? Ich soll sein bestes Stück in den Mund nehmen. TS! Sonst noch was? Ich bin hier, mein Lieber, weil ich meinen Orgasmus will, weil du mir versprochen hast, dass ich ihn bekomme.

Es ist schon spät geworden. Irene muss nach Hause. Während sie ihre Kleider anzieht, hört sie ihm zu. „Wenn du mich liebst, verlässt du deinen Mann", sagt Frank. „Du musst dich entscheiden. Er oder ich." „Aber ich kann ihn doch nicht verlassen." Irene sieht ihn an und fügt hinzu: „Warum kann es nicht so bleiben wie jetzt? Ich liebe dich doch, verstehst du das nicht? Ich liebe dich über alles, aber verlange das nicht von mir."

Sie liegt einfach da und wartet. Ich möge sie befriedigen, sagt sie und fragt mich, ob ich Gummi mit habe. Das auch noch! Ich habe keinen Gummi mit. Zum Glück zieht sie einen aus ihrer Tasche.

Ärgerlich finde ich so was. Echt ärgerlich. Nicht einmal Gummi hat er bei sich! Eine Frau, habe ich einmal in einer Frauenzeitschrift gelesen, sollte immer für den Fall der Fälle gerüstet sein, und ich bin es und streife ihm das Ding über, als er endlich soweit ist.

Kaum hat sie den Gummi aus ihrer Tasche geholt und ihn mir übergezogen, ist meine Männlichkeit dahin. Ich hätte doch nicht so viel trinken sollen. Also werde ich sie mit meiner Zunge verwöhnen. Aber sie ist nicht mehr so recht in Stimmung. Die Frauen werde ich nie verstehen. Nie!

Im Allgemeinen Krankenhaus der Stadt Wien kämpft Svetlana seit Tagen gegen den Tod. Sie atmet tief durch und spricht zu ihrer Tochter Dragana. „Und wieso hast du ihn dann geheiratet?", fragt sie die sterbende Frau, „wenn du ihn nicht geliebt hast?" „Er hat mich entjungfert", antwortet die Kranke. „Ich war noch nicht einmal vierzehn, als er mir auflauerte. Zu unserer Zeit war es nicht so wie bei euch. Du hast Glück, dass wir nach Wien gekommen sind", sagt sie, „du hast großes Glück. Weißt du, wen ich zu lieben glaubte? Woher solltest du? Natürlich nicht, ich habe nie darüber gesprochen. Aber ich fühle, dass das Leben mich verlassen wird. Deshalb erzähle ich dir das alles. Ich liebte den Jungen des Nachbarn und er liebte mich. Soweit man in dem Alter von Liebe sprechen kann. Ihn wollte ich heiraten. Dein Vater wollte mich. Er stellte mir nach, wenn ich aufs Feld ging, er stellte mir nach, wenn ich bei den Tieren war, und eines Abends, als ich die Tiere in den Stall trieb, hatte er sich im Stall versteckt und nahm mich bei den Kühen. Du willst nicht wissen, wie schmerzhaft es war. Ich blutete wie ein frisch geschlachtetes Schwein. Als er fertig war, ging er. Einfach so. Nachdem ich bis Mitternacht nicht zu Hause erschienen war, suchte mich deine Oma. Im ganzen Dorf suchte sie nach mir und fand mich ohnmächtig im Stall. Sie brachte mich nach Hause, wusch mich und stellte mich am nächsten Tag zur Rede. Ich sagte ohne Umschweife, wer es war. Sie sagte, dass wir dann wohl heiraten würden."

Ich bin verrückt vor Verlangen nach meinem Orgasmus. „Mir ist egal wie. Ich will endlich kommen", sage ich zu ihm. „Mach was. Befriedige mich!" Ich weiß, dass es noch schwieriger ist für einen Mann, wenn man so direkt ist, aber ich kann es nicht ändern. Ich will, jetzt sofort!

Müde und benommen lege ich mich neben sie und will kuscheln. „Gib mir ein paar Minuten", sage ich. „Wir machen gleich weiter, lass uns ein paar Minuten schlafen." Sie ist einverstanden.

Er ist so besoffen, dass er einfach nicht weiter kann. Also legen wir uns schlafen. Bitte schön, dann schlafen wir halt. Sobald ich aber eingeschlafen bin, spüre ich seine Finger zwischen meinen Schenkeln. Ok, dann also so. Aber er hält es nicht lang genug durch.

Ich war kurz eingeschlafen. Als ich aufwache, sehe ich sie neben mir liegen. Friedlich und schön wie ein Engel liegt sie da. Ihre Schönheit kann ich nicht beschreiben. So aggressiv sie im wachen Zustand auch ist, sie liegt da wie ein Gemälde, so schön. Ich lege meine Hand auf ihren Bauch und gleite langsam nach unten, berühre ihren Hügel und sie wird wieder wach und lächelt mich an.

Ich werde wach, als er meine Klitoris streichelt. Endlich!, denke ich mir, ich komme doch noch zu meinem Orgasmus. Er weiß nicht recht, wie er weitermachen soll. Also helfe ich ihm nach, und anstatt mit mir weiterzumachen, macht er Anstalten, in mich einzudringen zu wollen. „Nein", sage ich, „ohne Gummi geht gar nichts."

Kaum will ich ernsthaft zur Sache gehen, sagt sie nein! Wir hätten keinen Gummi mehr. Sie hätte nur einen Gummi mitgehabt, und den hätten wir ja verbraucht für nichts.

„Lass uns schlafen", sage ich, „ich muss morgen lang arbeiten. Ich habe einen weiß Gott harten Arbeitstag vor mir."

Sie will schlafen. Ich kann nichts machen. Jetzt will sie wieder schlafen. Gut, dann tun wir das.

Er schnarcht, dass es sich gewaschen hat. Ich versuche zu schlafen, drehe ihm den Rücken zu und will ohne Körperkontakt sein. Er aber will mich umarmen. Er schnarcht! Von dieser Nacht hatte ich mir anderes erhofft.

Bettina sitzt vor dem Fernseher und sieht sich die Wiederholung der nachmittäglichen Talk-Show mit der blonden Moderatorin an. Es ist schon spät. Sehr spät. Das Baby ist schreiend wach geworden und Bettina kann es nicht wieder zum Schlafen bringen. Das Baby krabbelt vor ihr auf dem Schaffell und gibt Brabbelgeräusche von sich. „Und du bist dir absolut sicher, dass er der Vater ist?", fragt die blonde Moderatorin eine junge Frau mit Plateauschuhen, die angespannt auf der Couch neben einem blonden, pickeligen Milchgesichtbubi sitzt. „Ja", sagt diese. „Wir werden sehen, ob du recht hast oder nicht. Nach einer kurzen Unterbrechung werden wir den Vaterschaftstest verlesen", kündigt die Moderatorin an. „Bleiben Sie dran!" Bettina flucht. „So eine Scheiße! Nicht wahr, mein Schatz, wen kümmert das, ob er der richtige Vater ist oder nicht? Außerdem, was soll das bedeuten, richtiger Vater?

Als ich aufwache, ist sie schon weg. Tja, ihr Pech, so wird sie nie erfahren, was für ein toller Liebhaber ich bin.

Als ich das berühmte Hotel verlasse, dämmert es schon. Die Dame des Hauses, die uns die Tür geöffnet hat, ist nicht zu sehen. Als ich mich ein paar Schritte vom Hotel entfernt habe, finde ich ein Taxi und fahre nach Hause. Ich stelle mich unter die Dusche und habe noch eineinhalb Stunden tiefen und lückenlosen Schlaf vor mir.

Was bei "One-Night-Stands" interessant ist, ist der Name. Eine-Nacht-Stand. Also, er steht für dich eine Nacht lang. Ist aber ein "Eine-Nacht-Stand" auch ein Eine-Nacht-Stand, wenn er in der Nacht nicht stand?

Vertraut nie einer Frau

Das Café Wintergarten war zum Bersten voll, als Bernhard König hereinstürmte und in die Menge schrie: „Vertraut nie einer Frau", um gleich darauf zusammenzubrechen.

Als er wieder zu sich kam, lag er in einem ihm fremden Zimmer. Schon wieder, war sein erster Gedanke. Scheiße! Wo bin ich gelandet? Während er auszumachen suchte, wo er sich aufhielt, klopfte es an der Tür. Bevor Bernhard antworten konnte, ging die Tür auf und ein in Weiß gekleideter Mann um die Vierzig betrat den Raum.

Bernhard hätte erwartet, dass der Mann in Weiß ihm das Fieber messen würde oder Medizin verabreicht, aber er rechnete nicht mit dem, was er von ihm bekam. Der Mann flößte Bernhard Furcht ein. Nachdem er gesehen hatte, dass Bernhard wach war, ging er ohne ein Wort zu sagen wieder hinaus, um mit einem Servierwagen ein zweites Mal herein zu kommen. Auch jetzt sah er nicht freundlicher aus. Nur die Tatsache, dass er einen Servierwagen vor sich her schob, entspannte Bernhard ein wenig und er wiegte sich in Sicherheit. Jemand, der ihm etwas zu essen geben wollte, konnte ihm nichts Böses wollen, dachte er.

„Ein hart gekochtes Ei, ein Croissant und frisch gepresster Orangensaft, mehr nicht!", sagte der Mann, stellte den Servierwagen neben dem Tisch, der Bernhard noch nicht aufgefallen war, ab, und ging wieder hinaus.

Zwischen dem Bett und dem Tisch waren es, nach Bernhards Schätzung, etwa fünf bis sechs Schritte. Da er glaubte, etwas Nahrung würde ihm gut tun – er hatte nicht wirklich ein Hungergefühl, aber die Idee zu essen, gefiel ihm – richtete er sich im Bett auf, konnte sich aber nicht aufrecht halten.

Sein Kopf wurde ihm zu schwer, der Raum begann sich zu drehen und Bernhard ließ sich auf sein Kissen fallen. Tief durchatmen, sagte er sich, der Arzt hatte gesagt, wenn Sie wieder einen Schwindel haben, atmen Sie tief durch! Die Schwindelanfälle kommen, weil Ihr Gehirn nicht genug Sauerstoff bekommt.

Seinen ersten Schwindelanfall hatte er, als er neben seiner wieder gewonnenen alten Liebe lag. Er hatte ihr zu ihrem Geburtstag einen Wochenendtrip nach Venedig geschenkt, da sie sich diesmal zwei Tage vor ihrem Geburtstag versöhnt hatten und sie Städtereisen liebte.

Er glaubte, dass sie durch ein intensives Wochenende besser zueinander finden würden.
Dass ein Zusammensein in einem anderen Land, dessen Sprache beide nicht beherrschten und in dem beide noch nie waren, die fünf Monate, die sie getrennt verbracht hatten, wett machen könnte.

Über dieses, für Bernhard sehr spezielle Geschenk, hatte sie sich für seinen Geschmack nicht ausreichend gefreut. „Ah! Venedig", hatte sie gesagt. „Interessant!" Das war´s! Interessant!
Er war enttäuscht, gekränkt, beleidigt und traurig. Aber er sagte nichts, in der Hoffnung, dass die Freude noch kommen würde.

Am Tag der Abreise war Bernhard vor seiner alten neuen Freundin aufgewacht und wollte die Gelegenheit nutzen, um ihr ein Frühstück zu bereiten, aber dazu kam es nicht. Als er sich im Bett aufrichtete, drehte sich alles im Zimmer so sehr, dass er das Gefühl hatte, er wäre stockbesoffen, was nicht der Fall war. Also legte er sich wieder hin. Eventuell ein Kreislaufproblem, das sich legen würde, wenn er noch eine Weile schliefe und erneut den Tag zu starten suchte, waren seine Gedanken, als er wieder in den Schlaf versank.

Nach etwa einer halben Stunde, oder war es mehr, versuchte er wieder aufzustehen, wobei ihm das Gleiche wieder passierte. Er konnte nicht aufstehen, weil alles in seinem Kopf sich wie auf einem Karussell drehte.

Seine Freundin war schon aufgewacht und kam ihm zu Hilfe. Mit ihrer Unterstützung konnte er sich aufrichten und – solange er keine abrupten Bewegungen machte – war alles in Ordnung. Er durfte sich nur nicht heftig bewegen. So ließ sich das Schwindelgefühl in Schach halten.

Der Arzt hatte ihm gesagt, dass er, warum auch immer, gestresst sei und dass sich deswegen sein Nacken verkrampfte, weswegen sein Gehirn keinen Sauerstoff bekäme, was dann wiederum den Schwindel auslöse. Er bekam Tabletten, die er nicht schlucken wollte und den Tipp, Atemübungen zu machen und sich nicht stressen zu lassen.

So wusste er jetzt in dem ihm fremden Zimmer, dass er atmen musste. Tief ein- und ausatmen, sagte er und legte sich wieder hin.

Als er realisierte, was er sah, musste er einfach heulen. Ein Mann weint nicht, hatte ihm sein Vater eingetrichtert, aber das war einfach zu viel für ihn!

Er wollte ja nicht weinen, aber wer hätte das ertragen. Es war Sonntag und er wollte wieder mal frisches Gebäck für ein Sonntagsfrühstück für seine Freundin holen. Als er aufwachte, fand er sie nicht neben sich und dachte, dass sie wie jeden Sonntag joggen gegangen war, also nahm er das Fahrrad und fuhr zum Bäcker am Bahnhof, wo man auch sonntags frisches Gebäck bekam. Als er das Geschäft, das sowohl Kaffeehaus als auch Bäckerei war, betrat, sah er seine Freundin mit dem Sohn des Bäckers nackt am letzten Tisch an der Ecke sitzen. Sie fütterte den Sohn des Bäckers wie eine Vogelmutter. Sie nahm einen Schluck von ihrem Kaffee, um ihn dann in seinen Mund zu leeren. Seine Freundin war ein lebendiger Löffel. Niemand der Anwesenden störte sich daran. Er wollte zu ihr, sie von ihm wegholen, sie anbrüllen, möglicherweise auch mit dem Bäckersohn um sie kämpfen, aber seine Beine versagten. Er war erstarrt. Kein Ton war zu hören, obwohl alle zu reden schienen.

Auch ihr Lachen konnte er nicht hören, obwohl sie, nachdem sie dem nackten Bäckersohn erfolgreich den Kaffee eingeflößt hatte, laut lachte. Zumindest sah es so aus, denn es war ja nichts zu hören. Alles was er hörte, war stattdessen ihr Stöhnen, als ob sie mit dem Bäckersohn schliefe.

Schweißgebadet wachte Bernhard in dem Zimmer auf, in dem das Frühstück auf ihn wartete. Was war das denn? Scheißtraum! Das Frühstücksei ist mittlerweile sicher auch kalt geworden, dachte er. Ich hasse kalte Eier.
Bernhard startete einen neuen Versuch aufzustehen und diesmal gelang es ihm. Auch wenn er sich kurz an der Wand festhalten musste. Er ging in die Ecke des Raumes, wo der Mann den Servierwagen abgestellt hatte, und platzierte den Orangensaft und das Croissant in exakt zehn Zentimeter Abstand zur Tischkante auf dem Tisch. Vielleicht war es dieser kleine Tick, den sie nicht ausstehen konnte, überlegte er.

Die Jalousien, die er jetzt bemerkte, waren zugezogen. Um festzustellen, ob Tag oder Nacht war, ging Bernhard zum Fenster und öffnete es.

Der Ausblick erschütterte ihn. Damit hatte er nicht gerechnet. Gigantische Berge, deren Kuppeln mit Schnee bedeckt waren. Wo und wie bin ich hier gelandet?

Trotz des Bildes, das sich ihm bot, wollte er Ruhe bewahren. Bevor er sich dem Croissant widmete, leerte er das Glas mit dem Orangensaft auf einen Zug. Danach verschlang er mit vier Bissen das Croissant. Das hart gekochte Ei rührte er nicht an.

Ich muss sehen, wo ich bin, dachte er und ging zur Tür, durch die zuvor der Mann in Weiß eingetreten war. Wie lange war das wohl her? Er hatte kein Zeitgefühl und auch keine Uhr bei sich. Aber mein Mobiltelefon, das habe ich doch immer bei mir, sagte er. Doch als er in seinen Taschen suchte, stellte er fest, dass dem nicht so war. Er hatte sein Mobiltelefon nicht bei sich. „Scheiße! Verdammte Scheiße!", fluchte er laut. Er murmelte es nicht, er dachte es sich nicht, er schrie!

Was mache ich, wenn die Tür nicht aufgeht, überlegte er! Vielleicht bin ich in einem Krankenhaus, oder noch schlimmer, in einem Gefängnis gelandet! Aber nicht wirklich Bernhard, flüsterte er vor sich hin! So schaut doch kein Krankenhaus aus! Und ein Gefängnis sowieso nicht! Das wäre dann ein Gefängnis der Luxusklasse! Da musste er lachen. Meinen Humor habe ich noch. Gut, sagte er. Er legte seine rechte Hand auf die Türklinke und drückte sie nach unten! Die Tür ging auf.

Hinter der Tür fand er einen schmalen, langen Korridor, belegt mit einem grasgrünen Teppich. Bernhard trat aus dem Zimmer, die Tür hinter sich ließ er offen und ging an Türen, hinter denen sich vermutlich weitere Zimmer befanden, vorbei. Der Korridor endete in einer Abbiegung nach links. An der Wand, die ihn daran hinderte geradeaus zu gehen, hing ein Bild. Es zeigte einen kahlen Baum, der dem Wind stand zu halten versuchte, es aber scheinbar nicht schaffte. Alle seine Äste zeigten in die Richtung, in die der Korridor abbog.

Er folgte ihnen und sah, dass der Korridor nach zwei Metern wieder abbog, diesmal nach rechts. Verdammt! Wo bin ich hier gelandet? Was ist das für ein verfluchtes Labyrinth? Noch einmal bog der Korridor ab, und zwar wieder nach rechts. Nach ein paar Schritten entdeckte er links und rechts Stufen. Die eine Treppe führte nach unten, die andere nach oben. Bernhard entschied sich für unten. Er landete in einem Zwischenstock vor einer Tür. Aber Bernhard versuchte gar nicht, die Tür zu öffnen, er nahm die Treppe, die links von der Tür nach unten führte, wo ihn wiederum eine Tür von dem dahinter liegenden Raum oder der Straße trennte. Die Tür war aus Stahl und hatte oben ein kleines Fenster mit einem sehr hässlichen Vorhang davor.

Er stieg die wenigen Stufen hinunter und drückte die Klinke der schweren Eisentür, die sich – was für ein Glück – öffnen ließ! Er landete, nicht wie er es sich wünschte, auf der Straße, sondern in einem Vorzimmer, das wiederum zwei Türen hatte. „Verdammt noch mal! Was soll das! Wie viele Türen gibt es hier noch!", schrie er.

Cool bleiben, Bernhard, sagte er sich. Du bist nicht eingeraucht, du hast nichts getrunken, du tickst richtig!
Er versuchte zuerst, die linke Tür aufzubekommen, hatte aber kein Glück. So ein Pech auch, wo bin ich hier. „Woooooo?", schrie er, immer noch im Vorzimmer, und der Hall seiner Stimme schrie zurück: „Wooooooohoooo?"

Verzweifelt setzte er sich auf die Stufen und überlegte, was er tun könnte. Hatte sein Zimmer denn ein Fenster gehabt? Vielleicht hätte er versuchen sollen, durch dieses Fenster... Da entdeckte er eine Tür direkt vor seiner Nase. Er stand auf, machte zwei Schritte auf die Tür zu und die Tür öffnete sich von selbst.

Auf der Straße boten sich ihm drei Wege. Einer führte nach links, einer nach rechts und der dritte geradeaus.

Ene, Mene, Muh und raus bist du, zählte er, und entschied sich für den Weg, der rausgefallen war. Das war der rechte Weg. Nach ein paar Schritten sah er seine Rettung auf der rechten Seite des Weges. Ein stylischer Holzbau, ganz anders als die Häuser, die seinen Weg gesäumt hatten, trug in großen Buchstaben seine Bestimmung zur Schau. „Gemeindeamt Inzing" stand dort in Blockbuchstaben.

Bernhard atmete tief durch. Inzing, Inzing also, dachte er. Gut, aber wo ist dieses Inzing?

„Wo auch immer", sagte er und zog sein T-Shirt aus. Er wollte die Sonne, die ihm ins Gesicht brannte, auf seinem Körper spüren.

Mit nacktem Oberkörper legte er sich in die Wiese neben dem Gemeindeamt. Er schloss die Augen für kurze Zeit und fühlte sich leicht. Sorglos. Abgeschnitten von der Welt da draußen. Irgendwo. Wo auch immer.

Er wusste jetzt den Ortsnamen. Was wollte er mehr? Jetzt musste er nur noch einem Menschen begegnen oder ein Internetcafé finden, dann wäre er nicht nur erleichtert, sondern sehr, sehr glücklich.

Während er so vor sich hin überlegte, wehte ihm plötzlich der Geruch von frisch gemahlenem Zimt um die Nase und er öffnete die Augen. Das kann nicht sein, dachte er. Das ist kein Ort, an dem Zimt wachsen könnte. Es werden die Blumen sein. Der Garten des Hauses neben dem Gemeindeamt bot verschiedensten Blüten ein zu Hause. Er stand auf, zog sein T-Shirt wieder an und folgte seiner Nase, die ihn direkt vor ein Schild führte: „Krippenweg".

Während er den Weg, der steil nach oben führte, hinaufging, hörte er in seinem Kopf Marilyn Monroe singen: I wanna be loved by you, just you, nobody else but you. Und sofort musste er an die Sommeraffäre seiner Jugend in Griechenland denken, als er noch mit den Eltern reiste. Warum er jetzt an seine Jugendliebe denken musste und was ihn an sie erinnerte, wusste er nicht.

Nach etwa drei bis vier Minuten erreichte er durch einen Hintereingang den Kirchenhof und landete auf dem Friedhof, genau zu der Zeit, als die Kirchenglocken zu läuten begannen. Das machte ihm Hoffnung. Jemand musste ja die Kirchenglocken bedienen. Ich frag den Glöckner, wo dieses Inzing liegt.

Friedhöfe hatte er nie ausstehen können. Friedhöfe machen dir nichts, hatte seine Mutter immer gesagt, wenn er als Kind mit ihr an einem Friedhof vorbei kam und ihre Hand fester umklammerte. Er fühlte sich unwohl. Ganz unwohl. Er betrat die Kirche, das Unwohlsein verstärkte sich. Er befand sich im „Kirchenvorraum", der vom Kircheninneren durch ein Eisentor getrennt war. Weit und breit war niemand zu sehen. Das Eisentor war abgesperrt und Bernhards Hoffnung, im Kircheninneren, irgendwo, vielleicht im Beichtstuhl jemanden zu finden, erlosch allmählich. Er rüttelte an dem Tor, nichts zu machen. Wo seid ihr alle, verflucht noch mal, wollte er schreien, aber da erinnerte sich, dass er in einer Kirche war, an einem heiligen Ort, also verkniff er sich das und gab stattdessen ein nicht besonders lautes „Haaallooooo!! Ist da jemand?" von sich, bekam aber keine Antwort.

Lange blieb er nicht in der Kirche. War es kalt oder war ihm kalt, er fröstelte. Er verließ die Kirche. Draußen schien noch immer die Sonne. Da er von rechts gekommen war, entschied er, sich nun die linke Seite der Kirche anzusehen. Direkt vor ihm war eine Wegbeschreibung angebracht, die ihm die Antwort auf die Frage gab, die ihn beschäftigte. Vor sich sah er ein Schild: „JAKOBSWEG, TIROL". Jetzt war klar, wo er sich befand! Tirol! Inzing war also in Tirol! Wie er hier gelandet war, war ihm noch immer nicht verständlich, aber damit wollte er sich jetzt nicht aufhalten. In ihm erwachte der Entdeckungsdrang.

Dann gehe ich mal diesen Jakobsweg, dachte er. Kann nicht schaden, vielleicht werde ich ja erleuchtet, wie Paulo Coelho. Wieder musste er schmunzeln. Du und erleuchtet Bernhard.

Nach einer halben Umrundung der Kirche fand er sich in einer kleinen Gasse wieder, die den Namen Kirchengasse trug. Mit neu erwachter Gier setzte er seine Schritte auf dem Kiesel und lauschte seinen Schritten.

Am Ende der Kirchengasse stieß er auf eine größere Straße. Das war aber ein kurzer Jakobsweg, dachte er. Vor ihm lag ein gelbes, niedriges Haus, das in riesengroßen Lettern seine Bestimmung präsentierte: „Café Wintergarten". Wintergarten, Wintergarten, das kommt mir bekannt vor, dachte er. War ich nicht schon mal hier? Er überquerte die Straße, stieg die drei Stufen hoch, die in den Garten des Cafés Wintergarten führten. Links orangene Metalltische, rechts konnte er in das Innere des Cafés sehen. Sieht düster aus, kein Licht. Er betrat das Lokal, hoffte hier endlich jemand zu finden und wurde sogleich enttäuscht, das Lokal war leer. Keine Gäste, keine Kellnerinnen oder Kellner. Niemand. Das Lokal, eingerichtet wie ein Museum aus den sechziger Jahren des vergangenen Jahrhunderts, war komplett leer. Er ging hinter die Bar und zapfte sich ein kleines Glas Bier, das er auf einen Zug austrank.

Auch gut. Okay, dann eben nicht. Seid ihr halt alle verschwunden! Dann gehört das ganze Bier eben mir.

Hinter sich entdeckte er eine Flügeltür, die in eine Küche führte. Vielleicht war dort jemand anzutreffen? Er zapfte sich ein zweites Bier, ein großes Glas diesmal, genoss es in mehreren Zügen und betrat die Küche. Etwas zum Essen wäre nicht schlecht, dachte er.

Und wie zu erwarten, war auch in der Küche kein Mensch anzutreffen. Der Geruch von altem, verbranntem Fett schlug ihm ins Gesicht. Wie soll man da etwas essen? Trotzdem machte er sich auf die Suche nach etwas Essbarem.
In einer der Laden, die er eine nach der anderen öffnete, fand er einen hölzernen Kochlöffel. Na, das ist ja ein Anfang, dachte er, vielleicht kommt ja der Rest auch noch, und öffnete einen Schrank nach dem anderen. Er fand Mehl. Palatschinken wären nicht schlecht, überlegte er und das Wasser lief ihm im Mund zusammen. Hoffentlich gibt es hier Eier und Milch! Er öffnete die große Tür des Kühlschranks und fand tatsächlich alle Zutaten, die für gelungene Palatschinken notwendig waren. Sogar Marillenmarmelade und Staubzucker. Er tat etwas Mehl in eine Schüssel, schlug zwei Eier auf, übergoss das Ganze nach Augenmaß mit Milch und machte sich auf die Suche nach einem Schneebesen.

Melinda öffnete die Augen und sah Bernhard neben sich liegen.

„Bernhard! Wach auf, Bernhard", sagte sie. „Ich muss dir was erzählen! Ich hatte einen Traum, der war so schräg! Ich war du und war in einem Ort gefangen, wo kein Mensch war. Die Leute, die dort leben, waren alle weg, ich war in einer Kirche und da war auch ein Friedhof, und ich hatte solche Angst, du weißt ja, ich hasse Friedhöfe. Und als ich du war, und auf der Suche war, wo ich war, habe ich mich auch gesehen! Ich saß völlig nackt in einem Lokal und habe einen Mann von Mund zu Mund gefüttert, der auch nackt war. Und da waren noch viele andere Leute, aber denen war es egal, dass wir nackt waren. Und ich als du konnte nichts hören! Ich wollte zu mir laufen, also, du wolltest zu mir laufen, aber ich war ja du, also wollte ich zu mir laufen, aber du warst wie gelähmt.

Und ich als du bin hinausgelaufen. Die Szene spielte in einer Art Kaffeehaus, das war aber ein Traum, verstehst du, ein Traum im Traum, dann bin ich aufgewacht und bin raus auf die Straße und bin in einem anderen Kaffeehaus gelandet, das hieß Wintergarten, da bin ich als du hineingestürmt. Der Laden war zum Bersten voll. Ich war so entsetzt, und ich als du war nicht da und da hab ich ganz verzweifelt in die Menge geschrien: Vertraut nie einer Frau! Verstehst du, weil ich ja du war und gesehen habe, wie ich dich betrüge!"

Bernhard, der ihr mit geschlossenen Augen zugehört hatte, öffnete die Augen und sagte nur: „Hhhhhmmmm!"

Halil und Rüya

Jetzt lebte er nicht mehr im Dorf. Vor fünf Jahren hatte er seine Sachen gepackt und sich, wie viele junge Männer des Landes, mit der Hoffnung auf ein besseres Leben auf den Weg nach Istanbul gemacht. Er würde schon Arbeit finden, hatte ihm sein Bruder versprochen, der schon zwei Jahre vor ihm in die Stadt auf zwei Kontinenten gezogen war. Tatsächlich fand Halil nach kurzer Zeit eine Beschäftigung in einem Hotel. Dort arbeitete er als Portier, anschließend als Parkplatzwächter für eine Autofirma und zuletzt als Krankenpfleger im Guraba[23]-Krankenhaus.

Im Sommer 1971 fand Halil, dass er nun endlich genug Geld gespart hätte, um seine Mutter zu besuchen. In jenem Sommer wollte er auch den Wunsch seiner Mutter erfüllen und ein Mädchen aus dem Dorf heiraten. Seine Mutter, Melike, die Frau des Ömer, die wie viele ihrer Generation weder schreiben noch lesen konnte, hatte ihm schreiben lassen, dass Neda, die jüngste Tochter Emines, immer nach ihm fragen würde. Dies war ein Zeichen, dass seine Mutter Neda gerne zur Schwiegertochter hätte. Halil konnte sich an Emines Töchter nicht erinnern, aber er vertraute seiner Mutter in diesen Angelegenheiten. Melike war die Dorfhebamme, Kräuterfrau und Hochzeitsköchin. Sie wusste, wer, was, wie, wann und mit wem zu tun hatte. Und über Neda ließ sie in ihren Briefen erzählen, dass sie ein hübsches und sehr anständiges Mädchen sei. Sie könne gut kochen, sei ein sehr sauberes Mädchen und käme jeden Tag nach der Feldarbeit bei ihr vorbei, um ihr im Haushalt zu helfen.
Neda hatte nie wirklich nach Halil gefragt, das wäre für ein so anständiges Mädchen, wie sie es war, eine Schande gewesen. Doch dass sie bei der alten Frau jeden Tag vorbeikam, war eine Tatsache und ein Zeichen, dass sie sie gerne zur Schwiegermutter hätte. Sei es Wasser vom Brunnen holen oder die Kühe melken, sei es das Haus kehren und schrubben oder kochen, immer nahm sie sich die Zeit,

[23] Krankenhaus in Fatih/Istanbul

die dafür erforderlich war, alles natürlich mit dem Einverständnis ihrer Mutter Emine, von der sie Melike jeden Tag Grüße ausrichtete.

Seit bekannt geworden war, dass Halil kommen würde, hatte Neda gemeinsam mit Halils Mutter das Haus von oben bis unten geputzt. Sie hatten tagelang gekocht, wie es sich für Schwiegertochter und Schwiegermutter gehörte. Für Melike war klar, dass Neda ihre Schwiegertochter werden würde.

An dem Tag, als Halil kommen sollte, ging Neda gegen Abend nach Hause, um später in Begleitung ihrer Familie zum Willkommensfest zurückzukommen. Die Schmetterlinge im Bauch mochten nicht weggehen, denn „Mutter Melike", wie sie Halils Mutter respektvoll nannte, hatte ihr anvertraut, dass sie mit Halil in den nächsten Tagen vorbeikommen würde. Sie möchte langsam ihre Vorbereitungen treffen. Das war der Code dafür, dass sie um Nedas Hand anhalten würden.

Das Wiedersehen wurde mit einem Festessen gefeiert, an dem außer Neda und ihrer Familie viele Nachbarn und Freunde teilnahmen. Wie es sich für die zukünftige Schwiegertochter gehörte, hatte Neda den ganzen Abend serviert, abserviert, gespült, Tee gekocht, Kaffee gekocht und kein Wort gesprochen.

Gegen Mitternacht, als alle gegangen waren, beschloss Halil, mit seinem besten Freund Hamdi ins Dorfkaffee zu gehen. Das Kaffeehaus war erst nach Halils Umzug nach Istanbul eröffnet worden und Hamdi hatte ihm in seinen Briefen von der Besonderheit dieses Männerlokals erzählt.

„Ich glaube dir erst, wenn ich es mit meinen eigenen Augen gesehen habe", sagte Halil, nachdem sie den letzten Gast verabschiedet hatten. „Dann lass uns gehen", antwortete Hamdi.

„Wo wollt ihr zu so später Stunde noch hin?", fragte Melike, als Halil sich seine Schuhe anzog. „In das neue Kaffee", sagte Halil lächelnd. „Ich will diese Attraktion sehen."

„Tüh, tüh, tüh[24], schäm dich!", spuckte Melike imaginär in die Luft. „In dieses Stück Hölle willst du gehen? Wo eine Frau den Männern Tee und sonst noch was bringt? Wo gespielt und gesungen wird?

[24] typischer türkischer Ausdruck der Empörung oder auch der Begeisterung

Schäm dich, schäm dich!"

„Aber Mama", lachte Halil, „wir sind Männer, und das Kaffee ist für Männer! Stimmt´s, mein Freund?", sagte er zu Hamdi schauend. „Außerdem ist das doch etwas Besonderes, wenn eine Frau in einem Männerkaffee den Tee serviert. Und das bei uns im Dorf."

„Tantchen", sagte Hamdi in Richtung der alten Frau, „mach dir doch keine Sorgen um deinen Sohn. Der hat in Istanbul tagtäglich mit größerer Sünde zu tun!", und beide Männer lachten obszön.

Die alte Frau sprach ein Gebet auf Arabisch, das nicht einmal sie selbst verstand, von dem sie aber hoffte, dass es ihren Sohn davon abhalten würde, hinzugehen. Doch weder Halil noch Hamdi ließen sich davon beeindrucken.

Als sie das Kaffee betraten, glaubte Halil seinen Augen nicht. Mehr als die Hälfte der männlichen Dorfbevölkerung saß mucksmäuschenstill auf den kleinen Hockern oder stand, aus Mangel an Sitzgelegenheiten, an die Wand gelehnt und lauschte einer Schönheit, die auf der Oud[25] spielte und dazu sang.

„Ich fasse es nicht, es gibt ja nicht einmal einen Platz zum Sitzen!", sagte Halil zu Hamdi. Kaum hatte Halil seinen Satz beendet, drehten sich alle Köpfe in die Richtung der zwei jungen Männer und die Zuhörer führten ihre Hand zum Mund, als Zeichen dafür, dass sie still sein sollten.

Halil sah Hamdi fragend an. Auch dieser warf ihm böse Blicke zu und zog ihn am Ärmel, damit er gleich neben der Tür stehen blieb und still war.

Die Schönheit mit der Oud beendete ihr Lied und ein nicht enden wollender Applaus setzte ein. „Danke, meine Herren", sagte Rüya. „Jetzt aber genug. Wir wollen ja schließlich noch weiterarbeiten!"

Sie legte ihre Oud in eine Kiste und ging wieder hinter die Schank, um Tee in Gläser zu füllen.

„Das ist es also?", sagte Halil mit leichter Verachtung zu Hamdi. „Das ist eure große Attraktion, eure neue Beschäftigung, euch von einer Frau einlullen zu lassen?"

„Sie ist keine Frau! Sie ist ein Engel! Hast du ihre Stimme nicht

---

[25] Kurzhalslaute

gehört, du Ochse? Hast du ihre Augen nicht gesehen? Nicht einmal Fatma Giriks[26] Augen sind so schön."

"Pass gefälligst auf, mein lieber Freund! Keine Frau auf dieser Welt kann Fatma Girik das Wasser reichen. Und erst recht hat kein anderer Mensch diese blauen Augen, in denen die Sonne scheint, geschweige denn noch schönere! Hast du das kapiert?"

Fatma Girik, eine Leinwandheldin und Halils Traumfrau, war der Inbegriff der weiblichen Schönheit, wenn man ihn fragte.

"Dann geh und schau sie dir genauer an!", sagte Hamdi. "Aber sei vorsichtig, sie beißt", fügte er hinzu und lachte so laut, dass alle im Kaffee wieder in die Richtung der zwei Männer sahen.

Halil ging mit langsamen Schritten zur Schank, baute sich vor Rüya auf und sagte: "Mein Freund und ich stehen da hinten neben der Tür und würden uns gerne hinsetzen. Wie ich sehe, ist seit meinem Weggang einiges anders geworden. Früher hat man in den Kaffeehäusern um diese Zeit Fliegen gejagt[27]. Aber sei es wie es sei, wann glauben Sie, wird es für meinen Freund und mich eine Sitzgelegenheit geben?"

Rüya, die ohne aufzuschauen Halil zugehört und dabei Gläser gespült hatte, hob ihren Kopf, sah Halil furchtlos in die Augen und lächelte.

"Mein Herr, der Derwisch[28], der wartet, wird zum Ermiş[29]. Glauben Sie, dass Sie etwas Geduld aufbringen können?"

Halil sah sie einen Augenblick an und machte kehrt, ohne ein Wort zu sagen. Bei Hamdi angekommen, sagte er: "Nun, mein Freund! Du hast gewonnen! Sie ist nicht nur schön, sie ist auch intelligent wie ein Hodscha[30] und hat Zähne wie ein Wolf. Ihre Augen lachen, obwohl sie nicht lacht. Ihre Stimme streichelt das Ohr, wenn sie spricht."

"Was habe ich dir gesagt!", antwortete Hamdi und grinste teuflisch.

"Ja, ja! Ich sagte ja, du hast gewonnen", murmelte Halil nur. "Weißt du was? Ich werde um ihre Hand anhalten", teilte er Hamdi nach einer Weile beiläufig mit. Er konnte seinen Blick nicht mehr von Rüya abwenden, die zwischen den Tischen hin und her ging, Gläser absammelte, neue Gläser mit Tee nachlieferte und die Aschenbecher leerte.

"Glaubst du, mein Freund, dass du der Erste bist, der diese Idee

---

[26] türkische Schauspielerin mit blauen Augen
[27] türkisches Sprichwort für langweilig, nichts los, tote Hose.
[28] kommt aus dem Persischen, bedeutet „Bettler" und bezeichnet in der Regel einen asketischen Mönch
[29] der Weise
[30] islamischer Gelehrter

hatte?", fragte ihn Hamdi, nachdem eine Gruppe Männer gegangen war und sie deren Platz einnehmen konnten. „Weißt du, wie viele schon um sie geworben haben?" „Das ist mir egal!", sagte Halil. „Ich schicke morgen nach ihr". „Erstens, deine Mutter wird sie niemals für dich als Frau akzeptieren. Demnach wird sie nicht hingehen. Zweitens, sage ich dir noch einmal, fast das ganze Dorf hat bereits um ihre Hand angehalten. Bis jetzt hat sie niemanden akzeptiert. Wer bist du denn, dass sie bei dir ja sagt?" „Sie wird Ja sagen!", war sich Halil sicher. „Und meine Mutter wird höchstpersönlich bei ihr auftauchen. Wenn vielleicht auch nicht gleich morgen. Aber sie wird."
„Wir werden sehen", sagte Hamdi mehr zu sich selbst als zu Halil.

Zwei Wochen später zogen Melike, Halils Tante Nesrin und er selbst mit einem Tablett Baklava[31], einem Berg Lokum[32] und einer Flasche Kolonya[33] los, um um Rüyas Hand anzuhalten. Niemand sollte je erfahren, wie Halil es angestellt hatte, dass seine Mutter ihm diesen Gefallen tat. Niemand erfuhr, ob er sie bedroht, bestochen oder gezwungen hatte. Vielleicht war die alte Frau aber auch nur dazu bereit, weil sie, wie jeder im Dorf, genau wusste, dass Rüya kein Freier gut genug war. Das musste ihr wohl die Sicherheit gegeben haben, dass sie das Haus des Kaffeehausbesitzers, wie alle anderen, mit einem „Nein" verlassen würden. Wie Hamdi hatte sie miterlebt, wie das halbe Dorf erfolglos um Rüyas Gunst gekämpft hatte. Ohne zu übertreiben konnte man sagen, dass jeder Mann, ob verheiratet oder nicht, einmal in ihrem Haus war, um sie zur Frau zu erbitten. Dies ließ Melike wohl hoffen, dass sie recht behalten würde und dass doch noch Neda ihre Schwiegertochter würde.
Vielleicht aber war es einfach die Hoffnung. Sie war, wie immer, wenn sie auf Brautschau ging, und dafür wurde sie von jedem jungen Mann und deren Familie eingeladen, weil sie die Kritischste war, freundlich und aufmerksam wie ein Fuchs, ob das Mädchen des Hauses auch die Koch- und Reinigungskunst, die Regeln der Gastfreundschaft und des Benehmens beherrschte. Es gab nichts auszusetzen an Rüya, außer der Tatsache, dass sie im Lokal ihres Vaters arbeitete, was sich für ein anständiges Mädchen einfach nicht gehörte.

---
[31] türkischer Blätterteig, gefüllt mit Nüssen und mit Honig übergossen
[32] Türkischer Honig
[33] Kölnisch Wasser

Nachdem sie gegessen und den obligatorischen Kaffee getrunken hatten, sagte Melike zum Hausherrn: „Herr, wir kommen wegen einer glücklichen Angelegenheit. Ich bitte im Namen Gottes und des Propheten, gesegnet sei er, um die Hand deiner Tochter Rüya für meinen Sohn Halil."

„Gute Frau, ich werde meine Tochter fragen", sagte der Vater knapp und ging in die Küche, wo seine Tochter wartete. Er war müde von den vielen Menschen, die beinahe täglich kamen und um die Hand seiner Tochter anhielten. Irgendwann hatte er aufgehört, die höflichen Floskeln wie „So Gott will, soll es geschehen" oder Ähnliches aufzusagen. Er hielt sich kurz. Auch seiner Tochter gegenüber machte er keine langen Reden mehr. „Kind", sagte er in der Küche angekommen, „du weißt, warum diese Menschen da sind. Was sagst du?"

Und Rüya sagte: „Ja."

„Wie ja?" Der Vater glaubte seinen Ohren nicht.

Er hatte schon längst aufgehört zu glauben, dass seine Tochter jemals unter die Haube kommen würde. Nicht weil sie hässlich gewesen wäre, was oft in den Dörfern der Grund dafür war, dass ein Mädchen dazu verdammt war, für immer das elterliche Haus zu hüten. Im Gegenteil, er glaubte, dass sie keinen wollte, weil sie so schön war, ja er hatte tatsächlich geglaubt, dass seine Tochter für immer bei ihm bleiben würde.

„Ja, Papa!", wiederholte sie. „Sag ihnen, ich werde seine Frau!"

Als Halil fünf Wochen später das Dorf verließ, um in Istanbul seiner Arbeit nachzugehen, ging er nicht alleine. Das ganze Dorf war in Aufruhr. Am tiefsten enttäuscht war Neda. Niemand hatte damit gerechnet, dass Rüya eines Tages einem Mann ihr „Ja" geben würde. Am wenigsten sie. Niemand erfuhr auch je, warum Rüya zu Halil „Ja" gesagt hatte, so wie auch niemand je erfuhr, wie Halil seine Mutter dazu gebracht hatte, um ihre Hand anzuhalten.

Pferdeschwanzklinik

Es war alles klinisch sauber, man hätte vom Boden essen können. Die Kellnerin, die sie zu einem Tisch im ersten Stock führte, steckte in einem schwarzen Kostüm, wie alle anderen Kellnerinnen auch. Auch hatte sie, wie die anderen servierenden und abservierenden Damen, ihre blonden Haare zu einem Pferdeschwanz gebunden, der beim Treppensteigen an ihrem Hinterkopf nach links und rechts wippte. Während Sarah in seine Augen sah, fragte sie sich, ob die Arbeitgeber die Kellnerinnen dazu gezwungen hatten oder ob sie nach Haarfarbe und Körpermaßen ausgesucht wurden. Sie hatten alle die Maße eines Victoria Secret Wäschemodels, die durch die enggeschnittenen schwarzen Kostüme noch betont wurden.

„Du verstehst mich nicht", sagte er.
„Das verstehe ich nicht. Siehst du denn nicht, dass ich dich nur zu gut verstehe?"
Stille.
„Vielleicht verstehe ich dich wirklich nicht und bilde es mir nur ein", sagte sie, „wie alle überheblichen Menschen." Sie glaubte, seine Ängste zu kennen, und das genügte ihr, um zu glauben, ihn zu verstehen.
Sie hätte noch so vieles sagen können, was sie glaubte, was sie wusste, was sie zu wissen glaubte und warum sie es glaubte, aber ihre Konzentration war zu diesem Zeitpunkt auf die Kellnerinnen fokussiert. Mit ihren perfekten Körpern und ihren wippenden blonden Pferdeschwänzen in ihren schwarzen Kostümen.
Sie waren zu perfekt.

„Was glaubst du? Müssen alle hier ihre Haare blond färben oder nimmt man sie nur auf, wenn sie schon blond sind?", fragte sie.
Sie fühlte sich deplatziert hier, in ihren Schlabberhosen, mit ihren schwarzen Locken, die wild über ihre Schultern hingen, in die

sie hier und da ein Zöpfchen geflochten hatte. Sie kämmte ihre Haare nie.

„Glaubst du, ich könnte hier arbeiten, wenn ich mir die Haare blondieren würde? Nicht dass ich das wollte... aber...?"
„Fragst du mich das im Ernst?"
„Ich sage ja nur... das ist doch interessant, oder? Kann ja kein Zufall sein..."

Ihre Komplexe und Ängste waren ihr in diesem Augenblick genug. Mit den Seinigen wollte sie sich nicht beschäftigen. Da sie auch auf diese Frage keine Antwort bekam, sagte sie schließlich:
„Also: Wenn ich dich nicht verstehe, müssen wir Schluss machen: Kündigen! Es beenden! Den Beziehungsvertrag einvernehmlich lösen!", schlug sie vor. „Und du suchst dir eine Person, die dich versteht, besser als ich es je werde können, die deine Wünsche erfüllt, perfekt ist wie diese Kellnerinnen, die deine Ängste wahrnimmt, sie dir abnimmt, dich betreut, hegt und pflegt..."
„So einfach ist das also?", fragte er.
„Ist es so einfach?", wiederholte sie.
Er spielte mit dem trockenen Zweig, der in der Vase auf dem Tisch stand. War dieser Zweig dazu gedacht, mit ihm zu spielen, wenn man nicht mehr weiter wusste? Oder sollte er eines Tages zum Leben erwachen, um Blüten und Blätter zu tragen, wenn Paare, die sich stritten, sich in seiner Gegenwart versöhnten? War das denkbar? Oder sollte er einfach nur den Tisch verschönern?
„Lass das!", befahl sie ihm.
„Du sagst mir nicht, was ich tun soll!"
„Da hast du Recht!"

Die perfekt blondierte Kellnerin kam, um die Bestellungen aufzunehmen. Sie bestellte einen Gin Tonic, er einen Kamillentee. Als ob jedes weitere Sprechen ohne Getränke verboten wäre, hielten sie an der Stille fest, um zu überlegen, welches Wort sie als nächstes von sich geben sollten, damit der Zweig blühte.

Die perfekte Kellnerin brachte ihnen die bestellten Getränke. Sie beförderte ihren Gin Tonic mit zwei großen Schlucken in den Magen, während er auf das Abkühlen seines Tees wartete.

„Dann lass uns wegfahren", sagte sie plötzlich, als ob nicht sie es gewesen wäre, die vorgeschlagen hatte, den Beziehungsvertrag aufzulösen, nicht sie, die wünschte, mit dem Teppich davon zu fliegen.

„Das ist wieder typisch!"
„Was denn? Du willst den Vertrag nicht lösen, du willst keine Vorschläge machen... Also, hier ist mein Vorschlag! Lass uns wegfahren!"
„Und wohin, bitte schön?", wollte er mit einem verschmitzten Lächeln wissen.
„Zum Beispiel", sagte sie und nahm, um Zeit zu gewinnen, eine Zigarette aus der Packung.
„Hmmm!" Sie musste sich etwas einfallen lassen.
Sie steckte sich den langsamen Tod in den Mund und gab ihm Feuer.
„Muss das sein? Musst du die Menschen in deiner Umgebung dem Krebstodrisiko aussetzen?"
„Ist das jetzt die Frage, deren Antwort wir suchen?", war ihre Gegenfrage. „Wenn das so ist, überlege ich mir eine Antwort", ergänzte sie. „Also: Lass uns die Stadt verlassen, Antworten findet man gut unterwegs."
„Du weißt, dass ich es nicht mag, wenn du rauchst", sagte er nüchtern.
„Okay, dann fahren wir also nicht weg und fliegen tun wir sowieso nicht!" Sie war gereizt.
Er schob die Vase mit dem trockenen Zweig darin von einer Ecke zur anderen und ließ sie kommentarlos weiterrauchen.
„Dann eben nicht", sagte sie.
„Lass uns gehen", sagte er. „Packen."

Graz lag wie über einem Dampfkessel in völligem Nebel, als sie den Hauptbahnhof erreichten. Die Antworten auf ihre Fragen hatten sie unterwegs nicht gefunden. Sie fuhren mit dem Schnellzug, vielleicht deswegen.

Vom Hauptbahnhof machten sie sich auf den Weg und landeten nach nur zehn Gehminuten vor einem Hotel in der Fußgängerzone namens „Mariahilf".
„Da will ich hin", sagte sie, ohne zu sagen, dass sie von Maria wirklich Hilfe erhoffte.
Das Zimmer glich einem Klosterzimmer. Die Betten waren weiß überzogen und rochen nach Kräuterbeeten, Unschuld, Blumengärten und Frieden. Während er sich die Zähne putzte, kroch sie unter die weiße Unschuld.
Lachend kam er aus dem Bad, vermutlich wollte er sie provozieren.
„Was gibt es Komischeres?", fragte er und knöpfte dabei seine Hose auf.
„Du wirst es mir sagen", sagte sie und setzte sich im Bett auf.
„Ich kann mir nichts Komischeres vorstellen als uns zwei", sagte er.
Die Hose landete auf der Sessellehne, er kroch unter die Decke. Ihr Körper war kalt. Es war nur eine Decke.

Frühstücksbuffet

„Bitte schön", sagt die Verkäuferin, als sie mir die Tragetasche mit der neuen Spitzenunterwäsche über das Pult reicht, „da wird ihr Mann eine große Freude damit haben."

Ohne auf ihre Aussage einzugehen, verlasse ich das Geschäft. Menschen, die sich in Sachen einmischen, die sie nichts angehen, gehen mir mächtig auf die Nerven. Ich habe es mir angewöhnt, auf solche Aussagen, Fragen und Bemerkungen einfach nicht mehr einzugehen. Nein, mache ich nicht.

David würde die kirschrote Wäsche gefallen haben. Den schwarzen Mantel über der roten Unterwäsche, wäre ich in seiner Einzimmerwohnung in der Arbeitergasse im fünften Bezirk aufgetaucht. Er hätte mir, wie immer, den Mantel abgenommen, die Tür zugemacht und mir das Gefühl vermittelt, dass ich mit dem kleinen Zimmer ohne Sanitäranlagen ein Schloss betreten hätte. Wie aus dem Ei gepellt wäre ich vor ihm gestanden und er hätte sich vor lauter Freude einmal um die eigene Achse gedreht, mich hochgehoben und aus mir einen Propeller gemacht. Wir sind nicht im Zirkus, würde ich ihm dann gesagt haben, während er mich vorsichtig und elegant wie eine Porzellanpuppe auf das Einzelbett beim Fenster gelegt hätte, mein David.

„Mama, warum weinst du?", fragte mich mein Nelson zum x-ten Mal im Krankenhaus nach seinem Zusammenbruch, „es hat ja gar nicht weh getan."
„Ich weine nicht, mein Spatz, meine Augen sind krank", belog ich meinen fünfjährigen Sohn.
„Dann musst du den Arzt auch fragen, was mit deinen Augen los ist."
„Ja, mein Spatz, das werde ich machen."

Bevor ich mich in die Hände der „Glatt und Seidig-Frau" begebe, will ich ins Kaffeehaus neben dem „Schönheitssalon". Es ist nicht viel los. Ich gehe direkt in den Raucherbereich und setze mich in die Ecke. Heute werde ich die Umlaufbahn verlassen. Heute ist es mir egal, ob die Blumen gegossen sind, der Kühlschrank leer oder voll ist, die Wäsche gewaschen ist oder nicht. Heute ist mein Tag. „Ich hätte gerne einen Espresso und eine Packung Zigaretten bitte", sage ich zum Kellner. „Wir haben Marlboro, Memphis…", beginnt er, sein Angebot aufzuzählen. Bevor er alle Sorten aufzusagen droht, unterbreche ich ihn. „Ist egal", sage ich, „bringen Sie mir irgendwas." Ich will ihn weg haben. Ich muss denken. Ich muss mir einen Plan machen, wie das Leben ohne Plan sein kann. „Kommt gleich", oder Ähnliches murmelt er etwas mürrisch, ohne sich zu fragen, warum ich nach all den Jahren plötzlich Zigaretten will. Warum sollte er auch, woher soll er wissen, dass ich keine Raucherin bin.
Selten habe ich geraucht, nachdem ich damit aufgehört hatte. Manchmal mit David. Selten. Mit einem Glas Wein oder einer Tasse frisch aufgegossenem Nescafé. Nachher. Auf dem Bett neben dem Fenster. In dem kleinen Zimmer, das er gerne Atelier nannte.

„Mama, komme ich auch zur Oma in den Himmel?"
„Wir kommen alle in den Himmel, mein Spatz. Aber vorher müssen wir so alt werden, wie die Oma war! Wir haben noch so viel vor, nicht wahr? Wir wollen doch gemeinsam die Welt bereisen! Mit unseren Fahrrädern, wenn du groß bist, das möchtest du doch? Wir werden in Indien auf Elefanten reiten, in Afrika Löwen füttern und in Australien Straußeneier essen, oder? Das möchtest du doch?"

Es war schmerzhaft und ekelerregend, das erste Mal, als ich den Geruch einer anderen Frau an ihm spürte. Ich wartete, dass er mir gestand, dass es eine andere gab, aber er tat es nicht. Schließlich wurde mir nur noch ganz selten übel, wenn ich den Geruch der anderen an ihm roch. Und das Konstrukt Liebe wurde immer wackeliger. Es ist sowieso eine Projektion unserer Wünsche in einen anderen Menschen, dieses Liebe genannte Etwas, das alle zu kennen glauben und das doch für jeden etwas anderes ist. Bis auf die Liebe zu einem Kind ist alles eine Erfindung. Als ich mich David das erste Mal hingab, wurde ich schon über Jahre betrogen und es hatte sogar aufgehört, mich zu stören. Ich weiß nicht, warum wir uns nicht einfach scheiden ließen. Vermutlich wollte er mich mit meiner Trauer nicht alleine lassen, und ich kam nicht auf die Idee, da ich mit meiner Trauer beschäftigt war. Vielleicht.

Als ich erfahren hatte, dass ich für Nelson… da habe ich sofort aufgehört mit dem Rauchen. Das ist so lange her, dass ich fast nicht mehr weiß, wie es war. Aber es ist wie das berühmte Fahrrad fahren, das man angeblich nicht verlernt. Sobald der Kellner die Zigaretten auf den Tisch gelegt hat und gegangen ist, stecke ich mir automatisiert eine an und entzünde das Streichholz, als hätte ich nie zu rauchen aufgehört. Der erste Zug, den ich inhaliere, macht mich schwindlig. Der Boden wackelt ein wenig, ich habe das Gefühl, als ob der Sessel schaukelt, auf dem ich sitze. Der zweite Gast, der am Fenster sitzt, ein alter Mann um die 65, dessen Haut vom Rauchen vergilbt und verrunzelt an ihm herunterhängt, wie die Vorhänge meiner Mutter, schaut zu mir herüber und lächelt mich an. Weiß er, dass ich mehr als 25 Jahre nicht mehr geraucht habe?

Es war ein lauer Frühlingsmorgen, als einige Obdachlose die Möglichkeit genossen, wieder unter freiem Himmel zu schlafen. Sie hatten im Stadtpark einige Parkbänke besetzt und hatten sich Träumen hingegeben, die für andere Stadtparkbesucher immer unbekannt bleiben würden. Die Enten schliefen noch am Teich, ihre Köpfe unter einem Flügel versteckt. David und ich hatten die Nacht durch getanzt. Ich hatte mich zwanzig Jahre jünger gefühlt, als wir den Stadtpark betraten und auch dort weiter tanzten. „Lebendig ist der Stadtpark, wenn er am leisesten ist", sagte ich. „Er ist am lebendigsten, wenn du darin bist", sagte David und wir konnten uns nicht mehr einkriegen vor lauter Lachen, weil es so unbeschreiblich kitschig war.

Du hast überhaupt keine Freude mehr am Leben, du vegetierst vor dich hin, schau dich an! Wie kannst du von mir erwarten, dass ich das ewig durchhalte. Ja ich weiß, wir haben Schreckliches durchgemacht, aber wir leben! Wir sind am Leben! Mach was daraus! Gut, mache ich!

Vor 26 Jahren, es war ein Donnerstag, habe ich die letzte Zigarette geraucht. Ob alles anders gekommen wäre, hätte ich die letzte Zigarette nicht geraucht? Dass manche Fragen immer unbeantwortet bleiben werden, ist eine Erkenntnis, die mir immer weh getan hat. Gewisse Fragen bleiben unbeantwortet, weil man sich vor der Antwort fürchtet und sie nicht stellt, andere stellt man, bekommt aber keine Antwort, weil es auf manche Fragen keine Antworten gibt. Ich wünschte, ich könnte die Zeit zurückdrehen, meine letzte Zigarette in die Hand nehmen, sie anschauen und nicht anzünden, sie einfach weglegen.
„Herr Ober, ein Achterl Zweigelt", sage ich zum Kellner und er sieht mich an, als ob ich mit meinen knapp 50 Jahren die Schwangerschaftsstreifen, die mir Nelson hinterlassen hat, mit einem Striptease entblößen wollte.

Das Schlimmste am Betrogen-Werden ist nicht, dass der Mann die Wörter, von denen er behauptete, sie nur dir gesagt zu haben, auch einer anderen sagt, sondern, dass du daran geglaubt hast. Auch wenn dein junges Herz immer gewusst hat, dass es nicht wahr sein kann, du wolltest es glauben. Es ist wirklich nicht schlimm, wenn der Mann, den du mal geliebt hast, in den Armen einer... Liebe wird sowieso überbewertet. Ehe wird überbewertet. Alles wird überbewertet. Es ist alles ein Konstrukt, das beim leichtesten Wind zu wackeln anfängt, wie eine Schaukel in deinem Garten. Und dann liegst du selbst in anderen Armen und sagst genau die gleichen Worte, die du einmal dem Mann gesagt hast, dem du versprochen hast, sie nie einem Anderen zu sagen.

„Wenn es ein Junge wird, werde ich ihn Nelson nennen", habe ich zu ihm gesagt. „Du bist die Mutter, du darfst dein Kind nennen, wie du möchtest!" „Und du bist der Vater!", sagte ich, als ich den Schweiß zu riechen begann, der unter meinen Achseln wie ein Wasserfall zu plätschern begann. „Wieso bist du gleich so beleidigt? Natürlich bin ich der Vater", sagte er und nahm mich liebevoll in den Arm. Da waren wir gerade zwei Jahre verheiratet. „Nelson ist ein schöner Name, auch wenn er in unserem…" „Hast du heute nicht die Nachrichten gehört!", brüllte ich ihn hysterisch an. „Nelson Mandela wurde heute aus der Haft entlassen! Ich habe heute erfahren, dass ich schwanger bin! Ist das nicht ein Zeichen?" „Ich sag doch nichts!" Ja, wieder einmal sagte er nichts. Er sagte nie viel.

Drei Wochen nach unserem Tanz im Stadtpark starb Seibane Wague. „Ich habe Angst", sagte David. „Was ist, wenn ich der Nächste bin? Komm mit mir!" Ich konnte ihn nicht dazu bewegen, zu bleiben. Acht Jahre! Aber ich hatte auch Angst. Wenn ich alles, was ich bereue, anhäufen würde, wäre der Berg so groß wie der Großglockner. Von wegen, man soll Nichts bereuen! Ich bereue so viel! So viel! Nelson, Nelson! Mein Glück, meine Trauer, mein Weg, mein Hindernis. Hätte ich dich anders nennen sollen? Gottlieb? Christian? Stefan? Markus? Oder nach einem anderen Heiligen? Wärst du dann länger bei mir geblieben? Hätte ich gewusst, dass dein Leben so kurz sein würde, hätte ich dich vielleicht nicht in die Welt gesetzt, denke ich manchmal. Was hat es mir gebracht außer Schmerzen. Hätte ich dich wirklich nicht geboren, wenn ich gewusst hätte, dass du mich sehr bald wieder verlassen wirst? Ich weiß es nicht. Ich weiß es nicht, verdammt. Ich finde kein Taschentuch in meiner Tasche. „Herr Ober, hätten Sie eine Serviette für mich?"

Geh zum Friseur, kauf dir neue Kleider, lackiere dir die Nägel, schmink dich, was weiß ich, mach das, was Frauen so machen, damit sie ansehnlich aussehen. Vielleicht sollte ich wieder studieren? Ja, von mir aus, dann geh halt studieren! Aber fang an zu leben, verdammt noch einmal, das ist ja nicht zum Ansehen, wie du dich gehen lässt!

„Mama, ich will dich heiraten, wenn ich groß bin! Dann musst du nie wieder weinen!" „Aber, aber, mein Spatz, Kinder dürfen ihre Eltern nicht heiraten." „Aber warum nicht? Ich will dich aber heiraten!" „Okay, mein Sonnenschein, wir sprechen darüber, wenn du groß bist."

„Alles okay, gnä´ Frau?"
„Danke."

Nichts ist okay! Gar nichts! Was wollen Sie machen? Wollen Sie mir mein Kind zurückgeben? Meine Ehe retten? Mein Leben, das kaum eine Freude für mich bereit hatte, zurückspulen, damit ich es neu beginnen kann? Können Sie mich wieder zwanzig werden lassen? Gar nichts kann er machen! Nichts! Niemand kann etwas machen! Wie alt sind Sie, würde ich ihn gerne fragen. Er ist etwa in dem Alter, in dem mein Nelson jetzt wäre. Student wahrscheinlich. Vielleicht hätte mein Nelson nicht studiert. Aber bestimmt hätte er. Wenn… Vielleicht hätte ich mich scheiden lassen und David heiraten sollen? Nachher. Vielleicht? Ach du alte Schabracke, vergiss es! Du bist ja wirklich so blöd, wie dein Mann es dir einreden will!

„Bitte legen Sie ab und machen Sie es sich hier bequem". Ich kann ihren Akzent nicht einordnen. Russin? Brasilianerin? Araberin? Türkin? Ist auch egal.
In einem Film war die Dame, die die Heldin rupfte, eine Russin. Ob die, die sich nach meinen Achseln meine Vagina vornehmen wird, auch eine ist? Was kümmert es mich, wo sie herkommt?
„Heben Sie bitte die Hand über den Kopf. Sind Sie sehr empfindlich?" Ich schüttle den Kopf.

„Du besuchst ja nicht einmal sein Grab!", warf er mir vor. „Und was soll ich dort machen? Was bringt mir das? Er wird davon auch nicht lebendig!", schrie ich. „Und wie oft bist du dort?" „Ich bin einmal in der Woche dort!" Ich bin jeden Tag dort, aber ich sage es ihm nicht. Wozu auch?

Ich traue mich nicht, der Vielleichtrussin zu sagen, dass ich das zum ersten Mal mache. Ich habe mich für David rasiert, manchmal. Aber niemals alles weg. Einen kleinen Wegweiser, einen Landeplatz hatte ich immer gelassen. Ich kann mir nicht vorstellen, wie es sein wird. Aber ich will diesmal alles weg haben. Bei uns müssen sich Frauen wie Männer alle Haare wegmachen, hatte mir Ayse, meine türkische Nachbarin, erklärt. „Als ich die ersten Haare bekommen habe, hat mich meine Mutter eigenhändig sauber gemacht, wie es die Tradition verlangt. Sie hat aus Zucker und Zitrone „ağda" gekocht und mich damit gesäubert", hatte sie mir detailliert erzählt. „Ich werde Sie jetzt mit Puder bestreuen", sagt die Vielleichtaberauchtürkin und pudert mich unter den Armen und in meiner verbotenen Zone wie ein Baby. „Das riecht nach Vanille", sage ich. „Ja", antwortet sie knapp, während sie eine warme Flüssigkeit unter meinen rechten Arm schmiert. „Und jetzt einatmen, es kann kurz wehtun." Bevor ich was sagen kann, macht es ratsch und sie hat einen kleinen Stoffstreifen in der Hand, an dem meine krausen Haare kleben.

Seine erste Locke, die ich ihm eigenhändig abgeschnitten hatte, trage ich immer bei mir. Es wäre gelogen, wenn ich sagte, dass diese nach ihm riecht. Sie ist genauso tot wie er. Aber ich trag sie bei mir. Manchmal nehme ich dieses letzte Erinnerungsstück aus meiner Geldbörse raus und sehe es mir an. Stundenlang. Nichts ändert sich. Genauso wenig, wenn ich an seinem Grab stehe. Ich habe ihm viel erzählt. Keine Antwort. Nicht einmal ein Grashalm auf seinem Grab hat sich bewegt.

David ist kein Südafrikaner. Im Café Eiles saß er mit seinem Notizblock und zeichnete die Menschen um ihn herum, wie sie ihn unauffällig auffällig beobachteten. Ist hier noch frei?

Es ist schmerzhaft. Ich beiße die Zähne zusammen. Ich will nicht viel Aufsehen machen. So unangenehm es mir ist, dass sie zwischen meinen Beinen arbeitet, ich versuche, es mir nicht anmerken zu lassen. Immerhin gehe ich auch immer wieder zum Frauenarzt. Es hat mich noch nie eine Frau da unten berührt.

Als ich den Salon verlasse, bin ich nackt wie ein Neugeborenes. So ungeschützt habe ich mich noch nie gefühlt.

„Mama, du bist doch schon so groß, warum weinst du immer?" „Auch Mamas müssen manchmal weinen, mein Spatz!" „Aber ich will nicht, dass du weinst, du siehst dann so hässlich aus." „Dann werde ich nicht mehr weinen! Nie wieder hörst du?"

Es muss schon länger aufgehört haben zu regnen, die Straßen sind trocken. Ich habe nicht wirklich einen Plan.
Die Praterstraße ist eine der schönsten Straßen in Wien. Sie ist nicht so eng wie die meisten Straßen. Es ist mehr eine Allee. Wo werde ich von dieser Straße aus landen, frage ich mich, als ich mit meinem Wäschesackerl in die U-Bahnstation Nestroyplatz hinuntergehe. Ich kann mich nicht erinnern, wann ich das letzte Mal meine Unterhose an meinen Schamlippen gespürt habe. Ich werde die erste U-Bahn nehmen, die kommt, denke ich mir, als die U1 Richtung Reumannplatz einfährt. Wie wird es sich wohl anfühlen, wenn ich mich erst hinsetze?
Auf der anderen Seite… Ich gehe auf der anderen Seite der Station wieder hinauf. Wie wenn es nur für mich hingestellt worden wäre, ist das Erste, was ich wahrnehme, der Friseursalon „Lisi". „Könnte ich gleich drankommen?", frage ich die ältere Dame, die eine Trockenhaube poliert und vermutlich Lisi selbstpersönlich ist.

Als ich nach zwei Stunden, drei Kaffees, acht Zigaretten und einem Stück Gugelhupf Lisi verlasse, sind wir per „du" und meine grauen Haare glänzen mahagonibraun. Die Hälfte habe ich bei der Lisi gelassen und mein Kopf fühlt sich leichter als vorher an, als ich mit dem Vorhaben, die erste U-Bahn zu nehmen, wieder in die U-Bahnstation hinunter gehe. Hoffentlich ist es wieder die U-Bahn Richtung Reumannplatz. Was sollte ich in Kagran?

Obwohl es mittlerweile dreizehn Uhr ist, ist die U-Bahn gesteckt voll mit Kindern. Wandertag. Museumstag, sie waren im Kino oder sind auf dem Weg von einer ähnlichen Veranstaltung nach Hause. Ihre Mütter werden sie von der Schule abholen oder warten auf sie mit einer heißen Suppe zu Hause. Ich hasse Kinder nicht im Allgemeinen. Ich habe nur keine Lust, mit ihnen mehrere Stationen zu fahren und steige am Schwedenplatz aus. Die U4 ist da besser. Auch hier werde ich die „Erste-U-Bahn-Taktik" anwenden, denke ich, als die U4 nach Hütteldorf einfährt.

„Mit jedem Geburtstag, den du feierst, wird die Zeit knapper", sagte David. „Das hat nichts damit zu tun. Die Zeit ist schon knapp genug", antwortete ich. „Bald werde ich weg sein", sagte er. Ich nickte, mein Nasenflügel zitterte.

Landstraße ist die erste Station und ich überlege, ob ich aussteigen und mit der Schnellbahn zum Flughafen fahren oder in den Stadtpark gehen soll, aber die U-Bahn nimmt mir die Entscheidung ab, indem sie schneller losfährt, als ich überlegen kann. In der einen Hand habe ich meine neue Unterwäsche, in meiner Handtasche ist meine Sammlung, die ich mir wie ein Eichhörnchen für alle Fälle über den Sommer zugelegt habe. Ich mache meine Handtasche auf und sehe rein. Stadtpark ruft die Stimme aus, die die Stationen ansagt. Ich könnte noch immer aussteigen und in den Stadtpark gehen, um der alten Tage willen. Karlsplatz. Ich steige aus.

Die Badner Bahn wartet schon in der Haltestelle, als ich bei der Station ankomme. Nelson war vier Jahre alt, als ich mit ihm zwei Tage nach Weihnachten nach Baden gefahren bin. Wir waren im Kurpark spazieren gegangen und hatten die Eichhörnchen gefüttert. Ich hatte eine Packung Haselnüsse gekauft. Bei jedem Eichhörnchen, das wir sahen, strahlte Nelson, als ob er eine Kiste Gold gefunden hätte. Ich strahlte, weil er strahlte.

In Baden schüttet es aus allen Kübeln. Ich habe keinen Schirm. Ich gehe einfach los und entdecke nach etwa zehn Minuten die Villa Gutenbrunn, in der die Tante meiner Arbeitskollegin in ihrer Jugend als Zimmermädchen gearbeitet hatte und von der meine Kollegin immer so geschwärmt hat. Ich bin wie ein ins Wasser gefallenes Kätzchen, als ich mich bei der Rezeption nach einem Zimmer erkundige. „Schlimmer Regen draußen", gibt der Rezeptionist seinen Senf zum Wetter und erinnert mich an eine Nacht, in der ich mich von David mit einem innigen Kuss verabschiedete und in ein Taxi stiegt. „War das Ihr Freund?", wollte der Taxifahrer von mir wissen, als ob ihn das etwas anginge. „Ja", sagte ich kurz. „Sie wohnen aber nicht zusammen", antwortete er. Als ob dies nicht offensichtlich genug wäre. Warum wohl würde ich woanders hinfahren wollen um diese unchristliche Zeit, wenn ich mit ihm zusammenwohnen würde, wollte ich entgegnen, aber auch da antwortete ich mit einem knappen „Ja" und hoffte, meine Stimme würde signalisieren, dass ich nicht weiter an einem Gespräch interessiert war.

Auch mit David war ich einmal in Baden. Nach mehreren Kaffees hatten wir spontan entschieden, in die Römertherme zu fahren. Direkt in der Römertherme hatten wir dann für ihn eine Schwimmhose und mir einen Bikini gekauft. Die Römertherme kam mir wie das Paradies vor. Allerdings kurz vor dem Hinauswurf. Denn anstatt das Wasser zu genießen, schwamm ich in Schuldgefühlen und hasserfüllten Blicken. Am liebsten wäre ich in Grund und Boden versunken. „Siehst du", sagte ich zu David, „sie wissen, dass ich eine verheiratete Frau bin, die erst vor zwei Jahren ihr Kind verloren hat, und du fünf Jahre jünger bist als ich."

David lachte laut. „Glaubst du das wirklich?", fragte er, tauchte unter und schwamm mindestens 30 Meter unter Wasser von mir weg. Als ich ihn erreichte, sagte er: „Sie gaffen, weil ich ‚nicht weiß' bin wie du." Er sagte nicht schwarz, er sagte ‚NICHT WEISS', und drückte mir einen Kuss auf den Mund, obwohl wir ausgemacht hatten, solche Kindereien in der Öffentlichkeit zu unterlassen. Keine zehn Sekun-

den dauerte dieser Kuss. „Sorry", sagte er, „ich wollte dich nicht in Verlegenheit bringen. Jetzt werden sie nicht mehr zu uns rüber sehen, denn jetzt ekeln sie sich vor uns."
Vermutlich hatte er recht. Ich sah weder die Menge um uns herum, noch wusste ich, dass ich verheiratet war.

„Ab 6:30 Uhr finden Sie in unserem Frühstückssalon ein reichhaltiges Frühstücksbuffet bis..."

„Ich werde das Frühstück morgen noch nicht in Anspruch nehmen, ich will mich mal ordentlich ausschlafen", sage ich und buche mir ein Zimmer für zwei Tage.

„Schade", sagt der Rezeptionist, „aber am Abreisetag empfehle ich Ihnen unser Frühstücksbuffet unbedingt. Sie werden nicht enttäuscht sein."

Ich lächle ihn an, zahle zwei Nächte Aufenthalt im Voraus und verspreche, das Frühstück nicht zu verpassen.

Das Zimmer ist größer als ich erwartet habe. Ich öffne das Fenster und lasse die regenfeuchte Luft herein. Das Badezimmer ist schön groß. Obwohl ich nur duschen wollte, lasse ich mir ein Bad ein. Nach dem Bad creme ich meinen Körper mit der Lotion ein, die mir die Villa Gutenbrunn zur Verfügung gestellt hat, und ziehe die kirschrote neue Unterwäsche an. Nicht einmal in der Hochzeitsnacht war ich so fein herausgeputzt. Ich setze mich auf das Bett und leere meine Tasche, nehme ein Briefpapier mit dem Logo der Villa Gutenbrunn und... ich komme, mein Schatz, ich komme bald zu dir!
„Mama, Mama, weißt du was?" „Was denn, mein Schatz?" „April, April, tut was er will!, hast du mir gesagt, mein Spatz. Das hattest du im Kindergarten gehört in dem Jahr, in dem es bis in den April hinein geschneit hatte. Jetzt haben wir April und, ja mein Spatz! Ja, der April tut was er will."

„Sehr verehrte Damen und Herren,
verzeihen Sie mir die Umstände, die ich Ihnen durch meine Handlung mache. Es gibt niemanden zu benachrichtigen. Bitte lassen Sie mich entsorgen, wie Sie es für richtig halten." Ich fühle nichts, als ich diese Zeilen schreibe. Ein Hauch von Reue oder Selbstmitleid wird sich einschleichen, hatte ich gedacht, als ich das schöne Zimmer betrat. Wenn schon, dann in so einer noblen Umgebung.

„Mit tiefstem Bedauern für die Mühe, die Sie durch mich haben", schreibe ich als Abschiedsgruß und setze meinen Namen unter den letzten Satz.

Ich bin das Festland

Halt an, ich weiß nicht, wie tief der Dschungel ist.
Das Wissen fehlt.

Die Fingernägel krallen sich in das Holz, die Autokarawane nimmt keine Notiz. Für den zweiten Stock ist es zu hoch. Ich müsste mich umdrehen und hineinspringen. Die Angst hindert mich. Ich mache das jeden Tag, sage ich mir, doch ich kann mich keinen Millimeter bewegen. Ich muss es schaffen, murmele ich. Es geht nicht. Wenn ich nur! Wenn ich nur! Wenn ich mich nur umdrehen könnte.

Durch mich bahnst du deinen Weg.

Aus den Kratern fließt Lava, während an das Nichtwissen gedacht wird. Dann lieber weinen. Weinen im Krankenhaus, weil das Wissen fehlt.
Der blitzblaue Hyundai bleibt am Wegesrand stehen. Ich steige aus, um mir die Füße am Fluss zu kühlen. Als das Wasser zwischen meinen Zehen durchfließt, wird meine Hose nass. Das Wasser ist kalt. In der Badewanne umhüllt warmes Wasser meinen Körper. Ich rieche das Salz.

Wenn man den Kaffee getrunken hat, sollte man sich, statt vierzig Jahre zu erinnern, lieber grüßen und den Sprichwörtern eins auswischen. Ihnen gerecht werden, kann man ja sowieso nicht. Und alles, was ich machen muss, ist, mich umzudrehen. Einen Augenblick die Angst vergessen, mich umdrehen und hineinspringen. Aber das Wissen darüber ist nicht ausreichend. Handeln ist nicht so einfach. Du weißt, was zu tun ist, aber du machst es nicht. Du gibst Anderen Ratschläge, aber du hältst dich nicht an sie. Fest halten. Die Gelegenheit zum Halten halten. Manchmal wird es einfach zu schwer und man kann sich nicht mehr halten. Wenn man sich nicht selber halten kann, sollte man gehalten werden.

Das Wissen hat gefehlt während des Zusammenseins und es wird auch fehlen, während des Nichtzusammenseins. Auch nach der Simultanübersetzung werden die Kinder nicht erleuchtet. Die Dolmetscher sind bemüht, aber die notwendige Sprache ist nicht gefunden worden. Weiteres Suchen ist vonnöten.

Die Stacheln des Kaktus in meiner linken Hand, stehe ich auf und folge dem Tänzer. Jemand nimmt das Mikrofon zur Hand und sagt: „Wer Rosen liebt, muss auch ihre Dornen lieben." Während ich herumgewirbelt werde, wundere ich mich über meine Tanzkünste. Mein Kleid ist schwarz, was sonst. Ich hoffe, nicht auf den Saum zu steigen. Ich drehe mich, es dreht sich, wir drehen uns. Walzer ist es nicht. Tango! Wann habe ich Tango gelernt?

Ich wünschte, ich hätte dich nicht so kalt gegrüßt. Besser kalt gegrüßt, als gar nicht gegrüßt. Du weißt nicht, was in den Menschen vorgeht. Ja, das stimmt, das weiß man nicht. Man weiß nicht, was in den Menschen vorgeht. Gewiss, in ihnen geht was vor.

Die kalte Hand hält die warme Hand.

Warum kann man sich nicht an das keine Konversation vorsehende Konzept halten? Ich habe doch gesagt, wir sehen uns. Es sollte ein Wort kreiert werden, das die Inhalte sehen, schauen und begegnen in sich trägt. Sehschagnen. Wir sehschagnen, du sehschagnest, er, sie, es... Und dann könnte man am Ende eines Gespräches sagen: Wir sehschagnen uns wieder!

Die U-Bahn bahnt sich ihren Weg durch das Gehirn, schlängelt sie sich, um dann wieder in den Alltag zu gelangen, wo die übermüdeten Augen warten.

Und dann tappe ich im Dunkeln. Obwohl klar ist, wie ich in das Glashaus komme. Das zumindest denke ich. Ich muss es gewusst haben, vorher, woher auch immer. Denn ich gehe diesen Weg des Öfteren, sagt mir meine Intuition. Ich fühle die kühle, feuchte Erde unter meinen nackten Füßen und versuche, den Weg mit Händen und Füßen zu erspüren. Es ist kalt. Ich bin verloren. Plötzlich bin ich im zweiten Stock und sehe hinunter. Dieses Glashaus. Keine Ahnung, wie ich da hingekommen bin.

Wer hat ausgerechnet, wie viel Zeit ein Mensch in einem Leben am Klo verbringt?
Die Zeit schnellt vorbei und die verstrichenen Monate werden zu Jahren gebündelt. Die verstrichenen Monate ergeben ein Jahr und ein paar Monate dazu. Nein danke, keinen Nachschlag. Vielleicht später.
Ein Jahr sieht nicht so viel aus, wie viele Monate zusammen.
Das Klopapier riecht nach Vanille. Vanilleeis mag ich nicht. Neben der Seife hängt ein Desinfektionsmittel. Putz dich! In der Salatschüssel liegen die Tomaten auf dem Rucolabett.
Am Strand liegen sie auf der Decke. Der Strand wurde noch nicht gereinigt und in Ungarn gibt es kein Meer. Zieh deine Schuhe aus und folge mir. Es ist schön, am Strand zu spazieren. Auch wenn du alles ins Meer wirfst, das Meer spült es wieder zurück. Denn ich bin das Festland.

Lauthals weinen im Krankenhaus, weil das Wissen fehlt. Vielleicht ist es die Nachwirkung der Narkose oder Desinfektionsmittel in den Augen. Weshalb auch immer das Weinen da ist, es ist da. Wer kann wissen, dass nach der Abschiedsszene das Konzert folgen wird. Lege dir ein Grußkonzept zu. Die Zeit wird kommen. Vielleicht kann man sogar eines Tages das Reservierungsschild abnehmen.
Zum Ersten. Zum Zweiten. Zum Dritten. Verkauft!

Der Zitronenkuchen ist für den Eigengebrauch reserviert. Er muss sich etwa eine Stunde und zwanzig Minuten im Backofen aufhalten, damit er genossen werden kann.
In einer Stunde und zwanzig Minuten kann die Geburtsstadt erreicht werden. Ob man sich aufhält oder nicht. Während der Teig in die Höhe geht, der Kuchen von Minute zu Minute genießbarer wird, nähert man sich mit etwa 900 km/h der Geburtsstadt.

Dreh dich um! Nimm einen Zug.
Schlängele dich durch den Alltagsdschungel. Trink Tee, warte, lauf davon, es wird immer mehr und kommt mit der nächsten Flut.

Die nächste Station ist nicht weit. Lies weiter in deinem Buch. Die Haare sitzen gut. Ja, danke einen Tee.
After der Narkose ist man traumatisiert, reserviert, deliriert. Oder sind es die Traumata, die zu Träumen werden?
Was sagst du?
Es hätte schneien sollen, als das Telefon läutete. Das Radio sang Küsse, die nicht erwidert, während Zitronenkuchen gebacken wurden. Viele, viele Zitronenkuchen. All die Zitronenkuchen zusammengelegt, könnte eine Weltreise gemacht worden sein. Chilischoten auf der gelben Glasur würden sich hübsch machen.

Der gelbe Besen steckt im Hals, zu trocken, der Kaffe zum Nachspülen ist in den vierzig Jahren hängen geblieben. Grüße regnet es im Mai. Halt dich an das Konzept, würze dein Delirium, auch du wirst eines Tages auf den Geschmack der Wasserpfeife kommen und das Wissen erlangen, wenn du den Geschmack des Apfels in dich hinein ziehst! Die Kohle auf der Wasserpfeife verglüht bei jedem Zug, der durch die Landschaft zieht. Solange der Bleistift stumpf und kein Spitzer da ist, wird nichts Neues kommen.

Und man wird im Scheine des Feuers der Großmutter lauschen: Es war einmal, es war keinmal. Vor langer, langer Zeit lebten ein Bleistift und ein Bleistiftspitzer. Der Bleistiftspitzer war aus Edelmetall, schwarz-silbern. Wie eine Katze ihr Fell leckt, putzte er sich und sein silbernes Messer glitzerte. Der Bleistift erkannte, dass diese schöne Erfindung ihn zwar spitzte und er deswegen schreiben konnte, aber auch, dass er ihn jedes Mal um einen Kopf verkleinerte. Aber dem Bleistift war nicht zu helfen. Er musste ja irgendwie gespitzt werden. Denn er war ja zum Schreiben bestimmt, so wie der Spitzer zum Spitzen bestimmt war. Aber der Bleistiftspitzer war sehr eitel und sah es als eine erniedrigende Aufgabe an, den Stift zu spitzen.

Es gefiel ihm nicht, ein Spitzer zu sein. Viel lieber wollte er ein Stift sein und auf dem Papier tanzen. Was fällt dir ein, sagte er, warum kannst du nicht selber schauen, dass du spitz bleibst?

Das Weinen im Krankenhaus ist nicht wegen dem Spitzer, eher, weil der Spitzer nicht erkennen wollte, dass er für den Stift geschaffen worden war. Oder war es vielleicht doch nur ein postnarkotisches Verhalten? Im Deli haben wir keine deliziösen Köstlichkeiten gegessen.

Für die Feiertage existierte ein Plan, ein Konzept, eine Skizze, ein Entwurf. Immerhin ist für den Deli jeder Tag ein Feiertag!
Erzählt hätte werden sollen. Erzählt, wie es ist, wie es war. Wurde nicht. Nicht beim Kaffee für die vierzig Jahre! Nicht heute! Der Wunsch allerdings hatte nicht aufgehört zu existieren. Es heißt, die Hoffnung lebt länger als das Selbst, auch wenn sie immer stirbt. Aus diesem Grund wird die Großmutter erzählen, wie jemand auf die Fensterbank geklettert ist und die Füße baumeln ließ, während Zitronenkuchen winkten, hoch oben und Bleistifte spitzten. Zu hoch.

Dreh dich um!
Halt dich fest am Fensterrahmen. Der zweite Stock ist höher als du denkst. Aber nicht hoch genug.

Es muss eine Verbindung geschaffen werden zwischen den Höhen und Tiefen, um die Beschriftung der DIN-A4-Blätter zu entziffern. Die Buchstaben ver-rückt. Das A hat sich neben das L gesellt und das I ist zum S gelaufen. Die Mappe und die Blätter und der Tisch – und und und – alles wird verlassen werden, wenn nicht umgedreht werden kann. Warum ist ein A der Anfang und B the beginning, obwohl auch das der Anfang ist?
Kann ein A ganz alleine für sich stehen? N-ein?
Denn, die Buchstaben werden die Seiten verlassen und in die weite Welt hinausziehen! Ohne Beuteln und die Mutter wird nicht weinen!
Reservierungsschilder werden wackeln!
Aller A-nfang hat auch ein N-de!

Auf der Fensterbank, mit hinunterhängenden Füßen, runter vom zu hohen Stock wird in das glimmfähige, geruch- und geschmacklose, buchstabenfreie Papier apfelgeschmackloser Tabak für die Züge eingelegt. Die Finger sind flink, damit Zitronenzigaretten beim ersten Zug fliegen. Noch ein Zug, noch eine Station, noch ein Zug, noch ein Zug, noch eine Zitrone noch ein Zug…

biografie

seher çakır wurde in istanbul geboren und wuchs in wien auf. sie erhielt 2008/2009 das österreichische staatsstipendium für literatur. sie lebt in wien.

1999-2000 mitbegründerin und mitarbeiterin der zweisprachigen zeitung „öneri" (türkisch/deutsch).
2005 erhielt sie für ihren text „hannas briefe" den exil-literaturpreis „schreiben zwischen den kulturen" (wien).
2007 preisträgerin des inzinger literaturwettbewerbs und stipendiatin der wiener wortstaetten, theaterstück „sevim & savaş oder liebe und kampf"
2009 theaterstück „zwischen den szenen" (im rahmen der wiener wortstaetten)

ihre kurzgeschichten wurden in literaturzeitschriften und österreichischen tageszeitungen veröffentlicht.

publikationen:

1999 kurzgeschichte in der anthologie *„die fremde in mir"*, verlag hermagoras/mohorjeva;
2000 geschichten in der anthologie *„eure sprache ist nicht meine sprache"*, verlag milena, wien;
2003 gedicht in der reihe *„ausgewählte werke VI"*, herausgegeben von der nationalbibliothek des deutschsprachigen gedichtes;
2004 gedichte in der anthologie *„heim.at"*, eye verlag, tirol; 2005 veröffentlichung der kurzgeschichte „hannas briefe" in der anthologie *„wortstürmer"*, edition exil, wien;
2006 medienbildung in der migrationsgesellschaft, (kurzgeschichte & gedichte) herausgeber: gmk;

2008 kurzgeschichte: „vertraut nie einer frau" in der anthologie „*andernworts*", skarabäus verlag;
2009 kurzgeschichte „der tipp des arztes" in der anthologie: „*risse im beton – das beste aus dem mdr-literaturwettbewerb*", mittelhochdeutscher verlag, halle/saale;

einzelpublikationen:

2004 „*mittwochgedichte*" (lyrik), hans schiler verlag (berlin).
2009 „*zitronenkuchen für die 56. frau*" (erzählungen), edition exil, wien.
2012 legt sie mit „*ich bin das festland*" in der edition exil, wien, ihren zweiten, lange erwarteten erzählband vor.